銀河之蛙

Isgalaxias salientia

陳銘堯

上帝創造宇宙不是過去式，而是現在進行式。

你必須創造你的宇宙。

這就是存在的本質和意義。也是上帝的恩典。

序　投向未知的浪漫

生命因曲折而豐富。傳統因跳脫而偉大。人性因挑戰而進化。靈性因創造而飛躍。人類在泥淖爬行，留下浪漫而勇敢的痕跡。這些詩試圖捕捉其美感和意義。

環顧周遭，人人好像都活在歡樂的肥皂泡中在天空飛翔。那也很好。看著小孩子忘我地吹著泡泡，哪個父母不帶著幸福的憧憬微笑觀看！

聽說德文有一個最長的字——「靜觀別人痛苦的快樂」。多麼缺德的一個字！但是在人生戰場大難不死的老兵，終究會領悟創造出這個字的人，其實是具有黑色幽默感的人。他們總是驕傲地誇耀那些災難，不是嗎？哪天你懂得把那個「別人」換成「自己」的時候，你就也能超越自己了。有人像狗追咬自己的尾巴那樣，追逐快樂。也有人像追咬自己的尾巴那樣，咀嚼自己的痛苦，反芻自己的不幸。

然而，存在的真相最可怕的不是痛苦，而是虛無。卡繆藉《異鄉人》，表現存在虛無的悲劇，並彰顯倫理、宗教、法律和世俗僵硬教條的荒誕。

只要不落入那主角的悲劇，活在泡泡中的快樂，也比活得虛無好。咀嚼自己的痛苦，反芻自己的不幸，看出世界的真相和人性的真實，尋找存在的意義，也比活得虛無要踏實而勇敢。能夠具有反抗的機會和勇敢，是人生不幸中的大幸。也是人性的光輝和浪漫。能夠用詩的韻味和美感，對荒謬的悲劇，做詩意的反抗，是最詩意的人生。然而，誰知道明天呢？面對明天，我們需要浪漫和勇敢！

因為昨天的我
以及昨天的昨天的昨天的那些經歷

使我現在對明天的我
滿懷溫柔的情意
和虔誠的祝禱

這個我
是這樣跨越了許多未知的日子
彷彿從遠遠的鏡頭那邊
朝我緩緩走過來
一個模模糊糊的影像

摘錄自陳銘堯《星星的孩子》〈投向未知的浪漫〉

目次

夜行人

當夜之幽靈以黑蝙蝠的垂天大翼遮蔽大地，林木森森的公園小徑，靜謐中瀰漫著一股幽冥陰森的夜氣。被一種莫名的力量所擠壓，我屏住聲息，縮身躡足而行。彷彿遙遠的記憶中，亦曾這樣走過的錯覺。懷揣著人生有這麼一段無關緊要的時刻，心思卻異常沉重地走著一段沒什麼特別的遺忘之路。難道這就是人生嗎？懷著這樣的心思，無可不可地走著的時候，在溶溶濛濛的景深中，黑暗的遠處，模模糊糊地浮現一個施施然走來的人影，以既不蹣跚，也不遲疑的步態走來。好像就是這麼一個在生活中，似乎知道自己的方向和去處，卻無可無不可地走著的人，和我一樣的人。而這只是若夢浮生偶遇的一個人罷了。也或許，他亦懷著什麼樣的心思，走著這麼一段意義不明的路途吧。對這麼一個幽靈般的夜行人，我孤寂的心，油然生出一股莫名的溫暖。夜氣是有一點寒涼，而人生彷彿也是。我抱著一種殷殷款款的熱切，試圖在黑暗中看清他的面目，有如想看清我自己一般。心想也許他亦極目張望對我投以一樣熱切的目光吧？但那人的臉孔，不知為什麼好像還深埋於昏昏茫茫的夜色中。喔！這謎樣的夜！謎一樣的人生！謎一樣的夜行人！

我小心翼翼地，怕驚動一隻沉思的夜鷺一般，繃緊神經，放慢放輕腳步，如僧侶般虔敬謙抑地走著，生怕在無人的黑夜中對他產生敵意的威脅。當我們互相接近到快要錯身而過的一瞬間，我嗅到他身上的體味。那是一日奔波，甚至是經年累月在他身上積澱，像命定一般在一個人的生命生了根的氣味。那混雜了自身和群體、一手或二手菸、以及為了掩蓋自覺或不自覺的體味而塗抹，卻變得混濁不堪的可疑香味。我也依稀聽到了他的呼吸聲。那是一種微弱的掙扎卻無奈堅持下去的聲息。在感受這一切的同時，從黑暗中這才遽然浮現出一個臉孔。那是一張平板而了無生趣的臉孔，屬於一個連抬眼一望都提不起勁來，繼續埋首於黑暗中行走的人。我的心忽然擎皺了起來，感到一種無來由的悲涼。而黑暗中，彷彿有幽靈不懷好意地獰笑著。

插圖by Bming Gyao

達達的咒語

噢！這自我耽美的世界，私密而聖潔的禁園，從未為人所知，亦從不願讓人發現，只當作是自己最可恥的祕密那樣，埋藏於隱隱搏動的心底。只因這愛的魔法的禁錮，只因這愛的荒蕪，至今仍然，我無門的心扉緊閉。只等待著、等待著，假裝冷酷地、假正經地……

噢！無望的等待！可悲的等待！似乎便將要永遠永遠這樣期待下去，病態耽美地、偷偷地、憂鬱地期待下去。期待一個神話似底、夢一般底邂逅。誰是那沒有臉孔的少女？且讓我領妳踏入這已經禁錮了一輩子的祕密花園。

是夢，是夢嗎？有誰是真正醒著！又有誰知道自己夢著？我是那天之驕子，生來就被應許了作夢、肆無忌憚作夢的特權。於是我擁有這狂肆的生命，擁有這願意承擔一切終將幻滅的心靈，擁有這永遠禁錮的花園。唯獨妳、唯獨妳……沒有妳的應允，我的夢將不會有妳。這花園仍將緊閉，一如我的心扉；仍將荒蕪，一如我孤獨的心靈。

是魔法嗎？是誰蠱惑了那麼純真的妳！或者我亦受到愛的詛咒？我是那無法無天的狂徒，被祕傳了達達的咒語；我是那世襲薩滿的後裔，將舞踊降靈術於這耽美的禁地；將喃喃召喚妳的靈魂，用我獨特的嗓音。那天生薩滿的嗓音，將穿越時空，搔擾妳靈魂無辜的耳膜，將妳從睡夢中喚醒……那千萬里外沉睡中的妳！在魔法中酣睡了千年的妳……純白的妳……

然後，妳將從夢魂中，睜開妳少女清純的美目，不勝驚訝地看見這一切……不可理解、難以想像的一切，只因妳不曾經歷我所經歷過的一切……這是妳俗世的眼睛無法看見的含悲的幸福。真是可悲啊！當我達達地輕喚妳的小名，妳早已遺忘的小名，妳將如夢似幻地望向一片空茫。

銀河之蛙

人性的複雜糾結，如一窪泥淖深陷。而銀河星系本就是個大漩渦。

這世界已經變得太複雜又太欺瞞，以致於那太天真、太純潔而屢受傷害和汙染的人，最後不得不將自己也改造起來同流合污，或退縮到自己私密的洞窟，舔舐傷口。我們不難想像，他是如何將他驚疑而敵意的目光，投向外面的世界。這世界也因而更加為他所誤解而變得杯弓蛇影起來。然而越是這樣，他內心對純真和快樂的渴望，也就變得越加熱切。這生命原本就充滿熱忱和歡愉的啊。而那原本應該俯拾即是、理所當然的東西，在這可悲的世界，卻日益失去自然和平凡，且日益變得稀有而難得。啊！我也曾看過那仍不死心卻日漸冷淡而空茫的眼神。人類的存在，有什麼比這更為黯淡的前景？

那些玄奧的神學、那些高深的哲學、那些神聖不可冒犯的宗教、那些莫衷一是的道德教條，不但無法幫助我們解決人性最原始的問題，反而使複雜的現代人喪失了單純的力量；使虛矯的文明人忘記了快樂的本能。在喪失了天賜的本能的同時，也喪失了創造奇蹟和超越本能的想像。有如被大樹遮蔽了陽光而無法生長的小草，在這日益龐大的現代魅影遮蔽下，我們原始的生命和想像也日漸枯萎了。喔！失血的、看不到未來的現代人，內在空虛、冰冷的存在，爭先恐後跳上不知終點站是哪裡的現代號列車。而舉目四望，盡是魅影幢幢的動漫城市荒冷景象。那些空氣稀薄的高樓大廈！那些冷漠的機器人！那些幽靈遊魂般的存在，他們空茫地望著夜空繁星點點，知道自己身處的銀河星系十萬光年邊界外，隔壁有個仙女座銀河星系，這兩個銀河星系和零星的銀河系組成天文學家所謂的本土星系。而那只是無垠宇宙中無數個銀河星系之一。我們僅知的更遠的銀河星系是處女座超星系團。宇宙的規模是每個銀河星系都包含幾億個太陽這樣的概念。我們在夜空中看到的微小光點都可能是一個太陽或星系。在比微塵還小的地球上，我這銀河之蛙，還敢遐想著跳躍嗎？

而堪堪存活在我原始記憶中的，是那在洞窟黑暗的深處虎視眈眈的野獸，燃燒著紅色或冷藍燐光的眼瞳。多麼兇猛、多麼神祕，彷彿具有一種原始的魔性和可怕的力量。我們中有誰，亦具有那種直接而狂野的眼神。我們中有誰，將被那野性的魔力所吸引。喔！我聽見那原始的呼喚。我們該如那最狂野、最童真的戀人一般，如那最初始的第一代人類，永遠燃燒著生命原始的火種：那生命的熱情和神祕的火種。難道我們不正是那第一代人類的後代嗎？而你是什麼樣的現代人呢？在幾千年有文字記載的人類歷史中，在人性的泥淖中，我們的跳躍有多遠呢？發明了超級電腦 SUMMIT 的人類，運用超級的運算能力（二〇〇千兆次浮點運算），還有以管窺天的太空望遠鏡和太空船，藉以探測太空。然而人類可以藉著超級電腦，演算出未來人性能有什麼跳躍性的發展嗎？或許，我們可以找到一個快樂星球？

或許有一天，神祕主義可能成為人類精神史的遺跡吧？

插圖by Bming Gyao

寂靜交響

聽覺是一個奇妙的官能。它不只是一個接收器，有時反而比較像一件樂器，專候那失聰的樂聖將心來奏彈。有時又如高掛夜空的天琴，濾過宇宙遍在的天籟，而只聽聞詩人勾起的騷然。喔！這騷動處處的凡響，只是另一種荒遠而麻木的存在，更添我內心寂然。

所謂寂靜者，真正的寂靜，乃是心的寂靜。就如音樂進行中休止的片段，或樂曲結束後到掌聲響起前那片刻的寂然。在音樂的構成裡，那片段的靜寂，代表真正的寂靜，代表音樂家心中絕對的空無，但那卻是蘊含無窮機趣的空無，猶如畫面的留白。而我聽覺的畫布，是那宇宙的天籟，有時卻是那片荒遠而麻木的騷動，而它卻把我推向更空的空無。但是彷彿暗處有那古舊的樂器，有那詩人的手澤，發出脈脈幽光。

多麼聖靈充滿的沉靜啊！這紛紛擾擾的塵世，長長的、恓恓惶惶的一天；耳中被俗世的煩憂和喧鬧所灌滿的一天；彷彿天天如此的一天；此時此刻，在這寅夜裡，在這海角一隅的陋室中，那音樂休止後的靜寂，有如神賜，我感知這一室的空靈。

「咕咕咕咕咕咕咕咕」

是誰突然從黑暗中發出一連串的咕咕竊笑，打破這一室完美的沉寂。是誰在那邊，對我這窮酸遐想的空靈，掩嘴竊笑？它一下子就揭穿了我人生的窘迫和難堪。是什麼樣的口器，發出這麼諷刺戲謔的叫聲，挑釁這啼笑皆非的人生？而我卻在這復歸的靜寂中，好奇地，有如企盼神啟，企盼著那咕咕竊笑；又如企盼痛苦難忍的搔癢般，企盼音樂反覆加強的主旋律。彷彿若有所悟，回應同類的呼喚，又如探尋似地誘引，彷彿耽溺於一種嘲弄自虐的快感，我乃亦「咕咕咕咕咕咕」地謔笑了起來。

何等清醒啊！此刻，何等沉痛又何等渺小、何等虛無！然而，你可曾獨自憑弔廢墟，聽聞那帝王的啼泣？你可曾是那孩提，懵懵懂懂，不解告解室裡的喃喃懺悔？或曾在暗夜裡聽到大人們隱晦的低低的細語？你可曾領會人們相對無言那可怕的死寂。

「嘎嘎嘎嘎嘎嘎嘎嘎」

又來了！那串竊笑，現在變得有點殘忍、有點霸道，且不懷好意。

「嘎嘎嘎嘎嘎嘎嘎嘎」

彷彿落在罪人身上的鞭撻，從疼痛的肉體，直透歡欣得勝的靈魂。

「嘎嘎嘎嘎嘎嘎嘎嘎」

「咭咭咭咭咭咭咭咭」

彷彿心中交響著自殘的鞭撻和自嘲的謔笑，那疼痛的快感，先是命運的交響，最終是靈魂得勝的歡樂。——然後是音樂高潮完美的休止。

而最後響起的，不是那淑女矜持膽怯的掌聲；不是那學院派故作高雅的讚嘆；不是那莽漢粗暴的喝采；也不是那久被壓抑的吱吱喳喳的交談。在這眾聲喧嘩的混亂時刻，我更加感到音樂休止後，心中那片孤寂的延續。我不鼓掌，亦不言語，只低徊著如戲人生和所有孳生的頹然和孤寂；有如帝王坐擁一宮殿的沉重和空虛。

「ㄋㄚˋ ㄋㄚˋ ㄋㄚˋ ㄋㄚˋ」

現在響起的，是對可悲帝王惡意的嘲弄。

「ㄋㄚˋ ㄋㄚˋ ㄋㄚˋ ㄋㄚˋ」

現在響起的，是對人生一切的夢想、一切的堅持、一切的悲喜、一切的傲慢和屈辱、一切的卑鄙和猥瑣，冷冷的嘲笑。

「ㄋㄚˋ ㄋㄚˋ ㄋㄚˋ ㄋㄚˋ」

彷彿發自掠食者殘忍強力抽動的腹腔；彷彿來自黑暗內在一個愛捉弄的小魔鬼，我乃亦殘酷地、冷冷地、自嘲地譃笑了起來。

然而，我的心，一片靜寂。然而——

彷彿，有水潺潺，有火熊熊。彷彿曠野，有一大片怒放的野花，拼命在吶喊。

宿命——訪蒙隨筆

這畜生，長得一幅怪模樣，必定也有一幅怪脾性。所以我得當心點。雖然不是什麼猛獸，但軀體龐大，萬一發起難測的脾氣來，會有什麼後果，也很難講。如眾所周知，牠天賦奇才異能，但終究是被馴服了的，而且正是因為牠的天賦，反而成了牠難以擺脫的宿命。雖然看起來既不優雅，也不協調，那非驢非馬的蠢像，被穿了鼻子，拴上繩子，實在可憐而又滑稽，但牠一幅認命的樣子，顯得無辜而溫馴。記得一個德國人向我描述牠，好像在描述一個人似的，說那畜生會向人吐口水。而那唾沫，那乳白色黏液，聽說奇臭無比，一旦沾上，三天也洗不脫那可怕的臭味。是否和人一樣，牠會以吐口水來表示強烈的侮蔑呢。總之，因了牠那蠢相怪模樣，因了牠那被宰制的宿命，在我騎上牠之前，確實有一番思索和猶豫。

聽從主人的操控，牠顯示紀律和幾分靈性。牠服從地跪臥下來，讓微小的我得以騎上牠的駝背，然後有幾分抗拒似地甩動牠的長脖子和笨頭顱，猛地站起後腳（冷不防那突然的前傾）接著前腳立起（又是突然的後仰），慶幸自己還有幾分平衡的功夫，才沒被摔下來。至於牠是如何使牠那不協調的軀體取得平衡的，大概只有上帝知道吧。對於牠的宿命，他自己懷著什麼念頭，我也不知道。行進中，牠的前方，不是牠的前方。牠的左右，不是牠能左右。要快要慢，要走要停，由不得自己。牠怎麼能這樣活下去呢？

就這樣，牠一步一步地走著，沒有意義地走著。我好像變成牠延伸的一部分，一步一步地搖晃著。地平線搖晃著。我的思緒和歷史感搖晃著。

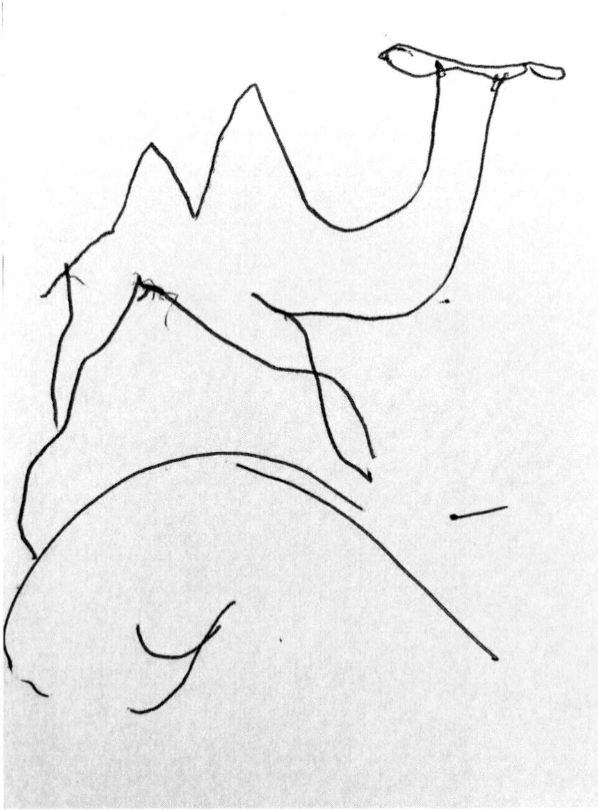

蒙古國歷史博物館原始人岩刻畫臨摹

插圖by Bming Gyao

被詩靈附體的S

一個人或許不是單純的一個人。不！實際上，一個人絕對不是單純的一個人。就以他來說，他常常會不自覺地模仿一個完全和他不同的人，或者一下子模仿這一個，一下子又模仿那一個。有時候，他不想使自己成為他所嫌惡的那種人，但結果卻還是成為自己嫌惡的那種人。就這樣，可能由於思想和感情的搖擺不定，或人格上的不成熟，或者說好聽一點是天真無邪，有時這一個，有時那一個，突然跳出來替他做了一些行為，或講了一些話，或者寫了一些「莫名其妙」的文字，這在別人眼中，他就被認為是莫名其妙或不可思議的一個人。只有他自己知道，或根本不知道，那是他或者不是他。因為，他什麼固定的主張也沒有，什麼明確的信仰也沒有，甚至什麼單一的性格也沒有。他的所作所為，全是一時興起率性而為的即興之作。甚至於即使偶然間有一個真正的他現身時，也沒有人能認出這就是真正的他。這十足是一個謎樣的存在。連他自己也不了解、不能掌握的存在。

S就是這樣一個人。一個可稱之為「中性」的或「無性」的人。他不必然是要成為「他」或「非他」。同樣地，他也不必然是要成為一個「詩人」，或不要成為一個「詩人」的。他可能成為其他任何你可以想像得到或想像不到的各種人：一個教師、一個警察、一個軍人或者一個商人……。但只因為他此時短暫對詩的狂熱，使他的精神狀態近於「詩的」。他那幾近「空性」的純潔和熱情，使他比任何自稱為詩人的詩人，更像詩人。即使我知道，這也不一定就是他，我仍珍視這樣的他。就算這只是片刻間產生的親密的感覺、「近詩」的感覺，但我知道我沒有必要去捉摸或評價S的品味或喜好，更不用在乎他有什麼思想或信仰。至於他如何看待自己和詩以及這一切，可能他一點也不曾為此操心。從外表看起來，從他的穿著到他的神情和言語，全都標示著叛逆。他看什麼都不順眼，視一切規範和限制為老套。S是狂妄的。雖然人外有人，天外有天，但他自信滿滿，我行我素，以自己去丈量世界。他以為這就是他自己。如此空性的S對應無極的宇宙，不也渾然天成，饒富機趣？

就像被自己吐出的一根看不見的絲懸吊在半空中，掙扎扭曲成一個英文字母S的毛毛蟲，S在虛空中不知是快樂或悲哀地哼唱著，哼唱著不知是快樂或悲哀的曲調……

插圖by Bming Gyao

紅柿

枝椏疏朗的柿子樹，相較於周遭枝葉茂密競相拔高的杉木林，顯得澹然自在，也擁有自己一片更藍的天空。即使是四季如春的臺灣，在晚秋蕭瑟中，萬物有一種歸藏的氣氛。然而在這個季節，柿子似乎飽吸陽光而轉紅。經過柿葉的光合作用，母土源源不絕的乳汁，由根而枝幹，傾注慈愛於飽滿的果實中，終於長成一個比圓更飽滿的痴肥果形。它令人想起某些鄉村孩童肥胖泛紅的臉頰，蘊藏著神祕的生命力，以及天生地養，大無畏的憨厚。

因為缺少雨水，今年的柿子長得較為嬌小，而且不知為什麼，有幾株沒有結果。原來生命也並非那麼理所當然。想到人生的風風雨雨，歷史的紛紛擾擾，便也感到自己有如柿子樹一般，和這片土地有著同舟一命的臍帶關係。而且，對於點綴在豔藍色天空中的紅柿子那種冷豔的生命色彩，激發了心中一種壯烈的美感。有如一面歷經苦難的國旗，終於能夠莊嚴地在自己的土地上飄揚。

當萬緣俱足，熟透的紅柿子常常成為野鳥興奮的饗宴。儘管外頭世事紛擾，此刻天地一片寧靜。我的心靈，亦如那紅豔的柿子一般，滿溢著奉獻分享的熱忱。而生命的滋味，在幾番風雨和苦旱之後，醞釀著更豐富的色彩和理趣。

春

在這個美麗而又哀傷的土地上，我們活在一個曆法和季節錯亂的國度。不管是高度神啟的破曉或美得令人心痛的黃昏，心盲的人們全都視而不見。我們不知道真理最深的根在自然，而且每每是以感性為核心的。我們不知春天由內在升起的那種感覺，更不察慾望或神聖感從肉體騷動起來，喚醒麻木心靈的那種悸動。其實這些都不需教導，也用不著學習。生命本屬於自然。如果自然是美的，生命也是。然而，心靈的痲木，連大自然也搞死了一般。啊！這被謀殺的心靈，這被毒害的土地啊！我們怎能這樣死去呢。

放逐北國雪鄉的朋友，說他春天會來。這句話是如此震撼了我的心，而提早喚醒了我冬眠的生命。有如長途跋涉的候鳥，他更能深刻體會春的意涵，以及故土的溫暖。而我愀然憶起苦澀的青春和盲目的歲月。如今我期待的，不只是風雨故人，更令人翹首企盼的，是一個春的慶典、一個季節的革命。用滿山遍野的花朵，用迎風搖曳的綠葉，用天使飛翔的小鳥，用發燙的肉體去感觸微風的吹拂。當我們仍戚戚於共同的苦難而相濡以沫時，我不禁要說：「難道我們就不能像春天那樣快樂起來？就不能像春天那樣充滿希望嗎？」

啊！春天！妳來得比想像中更遲更蹣跚，以致於這個沉重、蒼老而又陰鬱的季節，好像永無止境一般。

啊！我知道！我知道妳是如何跋涉而來的呀！

太陽雨

春去無蹤跡，秋來若眠夢。在這不可捉摸的季節幻變中，連那在樹梢玩捉迷藏似的啁哳鳥鳴，也令人覺得虛無縹緲起來。去年的冬天走得拖拖拉拉、不乾不脆，以致於今年的春天似乎來得很遲。而好像才過了沒幾天，夏天就已經在不知不覺中顯擺在眼前。我這才驚覺，春天已經悄悄溜走了。像一個不告而別的愛人，令人悵惘。迷糊度日的人啊！遲鈍低能的人啊！你待如何？

這過度熱情的太陽，一碧如洗的青空，一忽而就烏雲攏聚、雷聲隆隆、突然倒下傾盆大雨。喔！誰能在這滿目蒼翠的蓬勃生機裡和如幻似真的幸福中，忘卻現實的殘酷呢？世事多變化，人生亦宛然。然而，為何幸福是不可能的呢？

在這場傾盆大雨中，我看見一對年輕的戀人全身溼透，無視這場突來的風雨，忘我地追逐嬉鬧，彷彿享受著在雨中戲耍的瘋狂一般。他們是那麼年輕、那麼自由、那麼放浪，好像跳著舞一般。而人們在天地間，卻顯得那麼膽小、那麼可悲。

對啊！就要這樣的瘋狂！就要這樣的放浪！就要這樣的自由！管它幸福不幸福！管它幸福從哪裡來！管它幸福是什麼！看！他們揮舞著那被玩壞了的小雨傘，在雨中笑鬧尖叫，互相追逐著……

彷彿無視那把破雨傘的庇護，他們獲得了整個天空的自由。

原來縮在屋簷下躲雨而懊惱著的我，開始替他們感到高興，也感染了他們甜蜜的幸福。彷彿這世界沒有什麼能阻止這樣的幸福。也沒人能阻止他們的自由和快樂。為何快樂是不可能的呢？值得記憶的片刻，亦將成為值得記憶的永恆。而我們將使這片刻成為永恆。

插圖by Bming Gyao

今晨的雨淅瀝淅瀝下在昨夜

呆立窗邊好像陷入無邊思緒的木頭人，隔著流淚的窗玻璃，看著外頭迷濛纏綿的世界，忽地心生一想：「昨夜懵然不覺的眠夢中，這雨也這樣地下了起來嗎？」。

在昨夜或許被無意識地編入夢中的雨，竟然覺得早已被悠悠地遺忘在昨夜了。這念頭或許只是潛意識在今晨閃爍晃動一下的幻影。遺忘的夢，遍尋不著的夢痕，難道不是遺忘了的生命嗎？此刻窗外淅瀝瀝的雨聲，催眠般把我帶回昨夜的夢魂中。於是我從遺忘中的生命復甦過來了。

那雨，那生命中的一場雨，曾如何纏綿地下著，悽楚地下著，下在我發高燒的心上；下在我曾經自我放逐的異鄉旅途中。彷彿入侵他國，成了一個全然陌生的異鄉人，如今一定仍然蟄伏於潛意識的深淵，不曾遺失。以致到如今，無論身處何處，是夢是醒，那異鄉的陌生感，仍緊緊纏縛。這明明是我的故鄉啊！

喔！陌生人！不要迷惘，如我之迷惘；不必孤獨，如我之孤獨；不要軟弱，如我之軟弱；不要淒涼，如我之淒涼！在你的生命所到之處，一切都美如青春的冒險！就算阿拉丁神燈給我後悔的機會，讓我換掉這一段悽楚的旅程，我也不願。因為如果這樣的話，我將喪失我所有的感性，拆散了我的生命結構，那也就不再是我的人生了。而更加不敢想像的是，我亦將變成一個連自己也不認識的陌生人了。此刻，你只不過是像異鄉人一樣迷了路罷了。然而，你不是還一直往異鄉闖去的人嗎？過去的夢，仍未過去；未來的夢，似未來到；但現在的我是活在什麼樣的夢呢？

那雨繼續淅瀝淅瀝下著，從遙遠的虛空飄下，迷濛而纏綿。而我仍然木著。有如一個宿醉的人剛剛甦醒過來，神識敏銳地木著。昨夜奇妙地連結著今朝；意識滲透著無意識，而潛意識載沉載浮、若隱若現……

想像的季節

像一株生長於山中的樹一般，幸福就是扎實地感到自己的生命根植於土地，並盡情呼吸著大自然四季散放的氣息。而我想像著一個詩的季節。在那季節裡，生命有無限的可能。在那季節裡，浪漫是一種道德。在那季節，不但開花，同時也結果。而熟透的果子，滿溢著芬芳和奉獻的熱忱。那季節，是純粹自然的季節，卻又充滿創造的神奇。我看到一種光，它使一切現出美來，並且感到宇宙中存在著一種神性。在那季節，時間是一種恩賜而非限制。而你不感欠缺或恐慌。在那季節，罪惡如果不可避免，卻會成熟而像枯葉一般飄落。在那季節，人不懷惡毒的心，因而完全擁有不恐懼的自由。

想像的季節，是超乎想像的季節？是不存在的季節？

想像的季節，是確實存在的季節。只因我們有想像的自由；只因我們敢於想像。儘管這個世界，仍然充滿壓迫、詐欺和暴力。人們的愚昧和懦弱，成全惡徒犯下了他們的罪行，使得我們深深地感到痛苦、悲哀和憤怒，有時甚至於瀕臨絕望。但即使在邪惡勢力最猖狂的時候，只要一陣清新的山風或幾聲鳥鳴，就足以振奮我們作為一個自由人的內在信念和勇氣。無論天地如何不仁，現實如何殘酷，我們必須如此想像，想像一個詩的季節。

大教堂

據說已經巍巍立在那裡六百年的大教堂，人們曾用三百年完成它。三百年！這期間經歷過多少朝代，經歷過多少事，多少戰爭。或是繁榮，或是蕭條，或是瘟疫。但現在它站立在那邊，線條雕刻細膩的哥德式建築，幾乎像是用一塊巨大的岩塊或是一座花崗岩小山雕琢而成的藝術品。看不見三百年間時間的接縫或間隙。看不到三百年間人事更替或矛盾。看人家用三百年建構一座教堂，然後又維護了三百年。看起來還會繼續挺立幾千年，顯示幾十代，千千萬萬人的精神和意志，在冬天的陽光下，散發著一種天啟的光輝。

建立一個國家，是花費數百年或幾十代人也不嫌久的神聖過程。是戰爭、瘟疫、壓迫、殖民、專制、腐敗、墮落、蕭條、貪婪、愚蠢、自私等等，考驗人類的精神意志是否堅硬勝過岩塊，並且成為國家這座精神聖殿的岩塊材料。

是否我們已經決心要建造我們自己的精神聖殿？是否我們已準備好接受上帝的試煉以及魔鬼的攻擊？是否我們確實存在？是否我們的存在是值得的存在？是否我們確信那我們為之而建的神的存在？

要建構一個民族或國家的文學，不也是同樣的嗎？我默默地祈禱著。

褻瀆

有如霜雪覆蓋大地，那月光一片清寂。此刻，只被那耽於孤獨而自囚於古教堂圓頂閣樓的迷途羔羊給驚詫地窺見了。在這神聖的處所，他看見了大自然的詩意，勾起了太世俗的回憶和情結，卻毫無近神的感應。既迷失於人世，也迷失了天堂，他乃惶恐於這詩意的褻瀆。

數百年來人跡罕至的這一閣樓，從一個開向五濁惡世的小小窗牖斜照進來的一束月光，照射在古老而未打磨的石地板上，將花崗岩的琢磨痕跡，影雕成廣寒的寧靜海。石匠的鐵鎚敲擊鑿子，在岩石上打出火花。叮叮作響的金石交鳴，單調而執著地持續了幾百年，一聲聲如針一般尖銳，扎進人們荒涼的心。那貧瘠而痲木的心，早已被人們互相折磨個半死。但這閣樓不為弱智者而造。它是神缺席的宗教裁決所。

沿著圓柱狀塔樓的弧度，一段一段爬升彎向頂層這一閣樓而鋪造的石階，幾百年來，踩踏過多少罪人的腳步。而梯間外牆上，每隔一段距離，就開上一個小窗。從窗外穿透進來的光，突顯一些亮面，也製造出一些朦朧的陰影。隨著時光的位移以及氣候的陰晴，或閃爍明滅的燭光，多疑而虛弱的人心，生出幻象和魅影。那會是神的顯像嗎？多麼心虛的盲信者！

這個直徑不過十公尺的圓形空間，除了靠牆圍成一圈的石板凳外，空無一物，但卻充塞著令人窒息的神聖權威。掌權者一夥就在那圈石板凳上落座。而垂首站立或跪倒在中央的，是一隻可憐的羔羊。或者，那中央根本就空著，此時的審判，就越過這閣樓、越過山丘、越過沙漠、越過海洋，甚至越過時間而擴及……

叛教者、異教徒、無神論者、偶像崇拜者、懷疑論者、自然演化論者、唯物論者、無政府主義者、藝術至上論者、通姦者、墮胎者、說謊者、神怪故事編造者……或無意間因好奇而膽敢擅闖禁地，還因無知而虛妄的詩意而站在那中央的褻瀆者。

逾越了詩的本分，不滿於上帝創造了這麼一個亂七八糟的世界，才真正是最無知的褻瀆。

「你認罪嗎？」

我不想簡單回答。而這可以說是對叛逆者的神聖辯護權的褻瀆了。

誰憐自憐者

頑愚如我者，忒難相信這世間有神，但卻那麼輕易就相信天使的存在。若說有神，為什麼神會讓世界變得那麼不堪，那麼亂七八糟？我常常這樣幼稚地問著誰，那根本不存在的誰。奢想得到，那不可能得到的答案。不管如何，當我感到絕望、痛苦的時候，天使便會在我閃閃的淚光中顯現，彷彿是從一束星光中翩然降臨。你知道嗎？在無數個孤獨的夜晚，我曾那麼殷殷遙望，遙望那夜空中對我眨眼的星星。

喔！甜蜜的孤獨！溫柔的慰藉！那幾乎不屬於這個苦難處處的人間，因為人們不懂得真正的孤獨，也不懂得這樣的溫柔。但就因著這奇蹟般的眷顧，令我感受到這祕密幸福的獨享。那些視幸福為理所當然的人，將永遠、永遠無法體會這樣的幸福。他們的幸福，是神浪擲的恩典！而你，不屬於他們，也不是我。你將永遠是你自己。就是這樣的孤獨！

不必許願、不必相信、不必祈禱，在我痛苦、絕望而又孤獨時，天使就那麼溫柔地降臨。祂純白如一團光，伴隨著音樂和鮮花，那赤裸的嬰孩，搧動祂可愛的小翅膀。誰不曾看過這未來的嬰兒？誰不曾油然生出溫柔慈愛的心，而對未來懷抱著滿滿的祝福和希望？誰不暫時忘掉成人世界的苦難，而燃起奉獻的熱忱和生命的勇氣去迎向命運？就是這樣的溫柔！

喔！什麼是苦？多麼猥瑣的人生！你該說個清楚。這一切只不過是一個頑愚者自憐的投射。而我見過的最令人難過的影像，乃是嬰兒天使長出一個成人的頭顱，有著庸俗而又愚蠢的臉孔，連痛苦也沒有美感的臉孔。

遣悲懷

想給最近喪偶的友人寫一封信，但是寫來寫去，無論怎麼寫，心中都覺得不舒坦。既不足以安慰別人，也沒辦法去除自己心中的哀愁。一個沒有置身於那種苦難中的人，儘管曾經長期關心他的苦難，懷著多麼慈愛的同情，說出什麼樣安慰的話語，相對於他所承受的那種地獄般的折磨，語言是顯得多麼蒼白而荒謬，甚至於令自己產生罪惡感；一種對苦難命運褻瀆的罪惡感。而在這極悲至慘的情況下，無所助益的同情，對那承受打擊的受難者是多麼的不敬。我於是也深刻感受苦難命運的莊嚴和深奧，以致於我不確定我是否能適切地完成這痛苦的書寫。

每一封信都有一個寄件人，當然也有一個收件人。基於人類某種共有的慈愛的本性，或者甚至於自己也經歷過難以承受的苦難，在一個痛苦心靈的極深之處，好像這寄件人和收件人的界線竟然模糊了起來，而互相交會擁抱，甚至成了同一個人一般。這時的我，好像需要對誰傾訴自己長期鬱積在內心的哀慟一般。懷帶著這樣強烈的情愫，使得我竟能不帶悲願或同情（因著他人的痛苦而引燃了自己的痛苦的膚淺感情），或抹除了這樣世俗廉價的同情心，開始傾吐自己內心的話語。一種等同或至少是類似的哀鳴。而自己竟也成了收件人一般……

我敬愛的朋友啊！閱歷豐富、感性細膩的你一定也知道，對於極端的苦難，那種發不出慘叫，內心巨大的痛苦，我們往往很難對誰說出。那不是突然降臨，猝不及防的災難，而是一種長達數十年對身心的折磨。那不是你自身的病痛，而是令群醫束手無策的絕症的磨難，而你是看得那麼清楚。這殘酷的命運之神，還逼著你眼睜睜地看著她忍受那地獄般的凌遲；眼睜睜地看著她一吋一吋地和死神做垂死的掙扎。

唉！我敬愛的朋友！誰能承受得住如此沉重的懷想，去懷想你失去了愛妻時，是懷著什麼樣複雜的心情，那萬般湧上心頭的酸楚和無奈，那止不住浮現在空茫的眼前，歷歷在目的往日情景。而一種彷若死去了的麻木，逐漸擴散蔓延，遂淹沒了似乎猶一息尚存的你，還有那些曾經屬於你倆的幸福的記憶，那也有著幸福和甜蜜的人生。而此時擺在你那被折磨得差一點沒垮掉的嶙峋瘦骨前面的，卻是那荒誕的靈堂，那真想一腳踢翻它的可恨的布景。然而，心頭卻不斷湧現一幕幕彷如幻影的記憶……既遙遠而又臨近的記憶。

誰敢去想像，在你們一起共渡多少歡樂和痛苦的宅邸，你將如何孤單醒來，如何孤獨渡過寂寥的黃昏，而又將如何在一種毫無意義的世間的喧囂中，在黑夜空虛地睡去。而在不知幾時幾刻的中夜，你或在一場惡夢中驚醒；或在虛實錯雜的悲夢中哭醒：又或在針扎般的心痛中痛醒。然後在這清醒得可怕的時刻，感到人生更巨大的虛幻和空茫。

啊！夠了！真是夠了！難道這痛是無止境的嗎？她現在是不

痛了。然而你呢？既然一切皆空，難道這痛苦不也是虛幻的嗎？但這心中的痛難道是假的嗎？唉！人死不能復生，而生者還得活下去。然而，難道這是我們要活下去的理由嗎？

啊！朋友！對於這個殘酷的問題，或許我們永遠無法得到答案。儘管命運神祕的微笑，難以捉摸，但無論如何，無論到哪一天，請千萬別失去生命的熱情。既然命運加諸我們生命的磨難不需任何理由，那麼我們熱熱烈烈活下去難道還需要什麼理由嗎。啊！我們需得這樣不講道理地活下去！一如那嶙峋的山岩在風霜雨雪中傲岸矗立。

歌人

喔！失敗者！澈澈底底的失敗者！我能這樣稱呼你嗎？在這艱辛的人世，誰不曾飽嚐那失敗的苦汁？但是在你的信念澈底崩潰後，在你的自尊完全喪失後，你將如何活下去？被抽掉了背脊骨，你將變成什麼樣的存在？在一片繁華歡樂的市井中，你將如何地隱藏起你悲哀與落寞的面容，強顏歡笑。然而，你如何瞞得過那些什麼都知道的親朋故舊呢？啊！你是連童年也埋葬了的不幸的人！這是你命運最終的結局嗎？不管命運如何作弄你，那時你有兒童純然的快樂，那時你是多麼完整的你。如今，自始至終不相信或半信半疑的命運，終於把你給澈底打趴了嗎？喔！死魚一般的失敗者！不能思考，麻木冷漠的失敗者！你已經變得冰冰涼涼。啊！失敗者！何時你將領悟光明磊落的失敗，比卑鄙骯髒的勝利更有尊嚴。而失敗對一個人，有時還可能並非壞事。喔！失敗者！我向你致敬！

喔！可悲的人類！虛榮的人類！成功者啊！贏家啊！你一定樂於被這樣稱呼著，而且也沾沾自喜於這樣的人生吧。而誰不曾如此享受那虛幻的感覺於一時。多麼庸俗的成功！多麼膚淺的平庸！說到底，你只不過是一個快樂的人，一個暫時感到快樂的人，像一個充了氣的汽球那樣的存在罷了。喔！成功者！我寧願祝福你是那灌飽氣的籃球，愈彈愈高，那擊地的聲音多清脆。

多麼悲哀，多麼庸人自擾，為什麼要如此殘忍地叫醒那走在鋼索上的夢遊者？讓那快樂的人，快快樂樂地活著；讓那悲哀的人，隨物喜悲，隨波逐流，時哭時歌地活著，難道這不是最具現實感的生存方式嗎？就如億萬年來存在過的千百億人一樣地活著，一樣地死去，你卻要如何？你還能怎麼樣？

迷失方向的人啊！在現實中迷失了現實感的人啊！在這杳無人跡的樹林，一片荒蕪，一片孤寂，一個十足失去現實感的場景，你踽踽而行。看著日升月落和季節輪迴在大自然中演替，有花草繁茂，有樹枯槁；有鳥雀聒噪追逐，有鳥孤獨哀鳴。但為何在我聽來，總是一片寂寥。或有那悲極而不鳴的啞巴鳥吧，就如那千百億瞬生瞬滅的人，他們的音聲可曾被聽聞？多可怕啊！多寂寞啊！那些無聲無息，默默死去的人！這樹林此刻失去了鳥鳴，一片死寂。

於是從那終日沉浸於宇宙大啞默中的啞巴的心底，逐漸升起了歌唱的渴望和騷動。那猶如從死亡中復甦，悠悠唱起的歌聲，在杳無人跡一片死寂的樹林中，在這孤寂的人世，被那被喚醒的人如此聽聞了。那兀自站在高枝上，替那啞巴的鳥唱出心底的聲音的，正是那對人世成敗得失和愛恨情仇的折磨日益加深卻日益超然而冷淡的歌人。

小小孩

噢！小孩！小小孩！你為何獨自一人，在此晃蕩，在此徘徊？你既不知道從何而來，也不知道要往何處去，甚至你連自己的名字也講不清楚。你是那麼稚弱、那麼幼小，像極了脫隊離群的孤雛，徬徨無依，惹人憐惜。可你不知驚慌，也不哭喊，只是迷惘地茫然四顧，好像完全不知道發生了什麼事。彷彿在這世上，莫名其妙突然就變成這孑然一身，只堪堪如此兀自存在，這般純然沒有牽繫。沒有爸爸，沒有媽媽，沒有兄弟姊妹，沒有任何人，也沒有上帝，就只是這樣赤裸裸、渾渾沌沌的自己。恍恍惚惚、輕飄飄的感覺，就如那從你的小手掙脫，向天空飄飛而去的氣球。但那不是自由幸福的滋味，而是從未有過的複雜的感覺。你將在未來成長的過程中、在所謂命運的戲劇中，一點一滴慢慢體會那難以形容的滋味。此時，你的神情只呈現一團渾沌和茫然。而那也包含了這世界的一切……

這熙熙攘攘的人間，萬花筒般擠滿了各色各樣，陌生而奇特的人物。這些一夕之間突然從電視裡蹦了出來的卡通人物，那麼活跳跳地從你面前呼嘯而過，全然對你視若無睹，彷彿他們是活在另一次元，奇幻的存在。

更有那杵在一個臺子上，看起來像是被罰站的銅像，動也不動，不知他是在愚弄著眾生，或只是愚弄了自己。這可憐的藝術家，打賞箱裡沒幾個子兒，然而，就憑著這一股傻勁，這樣活著！

而經常，從他面前，會爬過一個令人不忍卒睹的競爭者，他的雙腳烏黑腫脹，從一道迸裂的傷口，露出粉紅色的爛肉……而他萎縮成恐龍前肢一般畸形的雙手，一面支撐地面艱難地匍匐前進，一面移動叮噹作響討飯的鐵碗。喔！小孩！你看得他很受傷，因為從來沒有人能這樣盯著他看……而不遠處，卻有賣藝的歌手，唱著浪漫的情歌……還有另一個，正把酒店那卡西的悲歌唱得很難聽……唉！小孩！這個人世你能懂嗎？

……而彷彿無關人世，偶而也有那被主人寵愛，看起來頗為得意的小狗，或無所從屬、自由自在的貓，牠們各有各自的歸屬、各自的幸福。或許心存這樣的感覺而堪堪活著，用那種隨遇而安的目光，好奇地看著孤伶伶的你……小孩啊！你覺得如何？

忽而你也會看到一雙彷彿頗有深意的小眼睛，從一個和你一樣稚嫩的小娃兒的臉龐直盯著你看。即使他的父母已拉著他一直往前走去，他還不斷地轉過頭來看你。嘿！看著他那犯傻的模樣，你好像忽然知道他的小腦袋轉著什麼念頭，而萌生一股從未有過的奇妙的，突然長大的感覺……

喔！小小孩！你將長大成什麼樣的人？你將有一個什麼樣的人生？什麼樣的命運將等在你的前頭？

……本來頗為明麗的天空，此時因為夕陽依依西沉而抹上一層淡淡的昏茫……而這一切將隨著歲月一點一滴滲透到你逐漸長

大、逐漸變老的生命中，而在你向晚的臉上，會時而浮現那耐人
尋味的雲翳……

屋頂上的哲學家

在這恬靜而有苦味的夜晚，日本人留下的一排廢棄的屋舍，「我們」慣稱之為「日本宿舍」的這一條小巷裡，那些傾頹殘破的屋子裡，魅影幢幢，在那雜亂多鬚的古榕下，顯得更加破敗、更加陰森。喔！形單影隻的漂泊者啊，你今晚的歸宿是哪裡？

伏臥在那猶顯傲氣的背脊骨般的屋脊上，一隻詭祕有餘的夜貓子，有著獅子般的沉著雍容，但似乎保持著一種警醒的狩獵本能，牠以那樣不鳥不依的神態，望著繁星點點的浩瀚夜空，此刻正演出璀璨華麗。喔！冷酷的物種，誰的心不在此刻變得溫柔？而這屋頂上的哲學家，卻君臨天下般，似乎睥睨世上那些窮經皓首的學究，對世間的浮華，投以冷冷一眼而顯得慵懶。牠的存在、牠的本然，在此刻似乎擴張著、延展著，漸漸超越牠物類所屬肉身的存在，變成一個屬靈的存在。而人類呢？可悲的人類！人們都到哪裡去了？

喔！這世界此刻多麼安靜、多麼充滿思考。而能夠思考是多麼的幸福。面向深不可測的宇宙，我們的人性能夠得到什麼樣的延展和擴張，而仍然能夠不迷失我們回家的路。更或許還能不時自問，我們將往何處去？

唉！人生無涯，總是漂泊。多麼脆弱的人啊！在跌落無限哀愁的深淵前，奇蹟般隱然昇起一種神祕的溫柔，想像那萬家燈火中，必有那麼一個溫暖的人，正做著例行的屬靈的夜禱。喔！好溫柔的人啊！這闌珊的漂泊者在你的禱告中嗎？

人間獵場

雅馬全神貫注地追捕著獵物。應該是有那獵物的。那可疑的氣味、那震耳欲聾的槍響、那殺氣騰騰的獵人。但是在一陣瘋狂的追逐之後，牠並沒有找到獵物，而被其他的什麼給吸引了。牠吐出長長的舌頭，猛烈地喘著氣，兩隻棕色的眼珠子，時而看著獵人，時而靈活轉動四顧，帶著一種想要跟人互動的興奮，瘦勁的腰腹因猛烈的喘息而起伏著——那屬於獸類的青春期的性感。

這一切因暫時的歇息而轉向思考——

雅馬——YAMA，日語是山的意思，但牠是體態修長優美的山，有著白底棕斑的英國獵犬。我小時候並不懂這個日語的意思，自己給牠翻譯了這麼一個可以類比的名字。牠真是一隻好狗，應該被尊稱為狗小姐，而且還是處女。在我們那窮鄉僻壤的小鎮，實在沒有可堪匹配的公犬。牠那又長又大又柔軟的耳朵，優美垂下或輕輕甩動，看起來更加淑女。但是牠在這場瘋狂的獵殺中，完全展現出凶猛和陽剛，一點也不淑女。卻也無愧山的偉稱。

這場狩獵因何而起？這場追逐的緊張和狂熱，以及一無所獲的徒勞，令人開始懷疑這一切的意義為何。好殺嗜血的獵人、被追殺的獵物、顯現出掠食者本能的雅馬，這世界有沒有另外一種秩序或戲劇的可能？

如果從一開頭，根本就沒有那獵物的存在，那麼這場狩獵是多麼荒謬。而我們不是常常像這樣，一開始就追逐著幻象般的人生嗎？有多少人像雅馬一樣，只是受到本能的驅使，或條件反射般接受主人的號令就衝出去，那麼純然動物性的生命？而獵人則老於世故，遊戲人生一番罷了。

其實，更為滿足更為快樂的，似乎反而是雅馬。一旦韁繩被解開，牠那掠食者的野性就得到完全的縱放、牠日常被拘束的可悲靈魂，只有在這個時刻，得到盡情奔馳的自由。至於獵物捕獲與否，對牠來說，已經無關緊要了。這一切對牠來說，更像是一場遊戲。

至於那獵物，作為命運的象徵，好像將永遠在這遊戲中扮演悲劇的角色，因為牠很少能以遊戲的精神來戲弄上帝。弱者的僥倖，只是強者一時的失手而已。但是就把這一時的僥倖，當作這永恆悲劇中暫時的勝利。那麼，在這場遊戲中，牠反而是真正幸運的人了。

而獵人則很嚴肅而認真地擦拭著獵槍。在他的內心中，彷彿滿足於一種主宰生死的冷酷情緒中。對著光，用一隻眼睛從擦拭得晶亮的槍膛瞄出去，似乎不知道有所謂命運這回事。這個在上帝主宰的戲劇裡扮演著執行者的獵人，好像也不知道有一個真正的主宰的存在。他只依著他的天性做他自己。或許，上帝的歸上帝，凱撒的歸凱撒，這地上的主宰，只能是他這類人。喀嚓一聲，他把槍管扳回原位，端起這把擦得烏亮的雙管獵槍，用一個很酷的射擊姿勢，從準星瞄向前方一個目標。誰知道他心中想著什麼！但看來確有一種非關恩仇，只緣勝負的澈悟和氣派。

笑笑蛇

好一群活蹦亂跳的小朋友，由一個穿著牛仔褲和運動衫的女老師率領，到這個蝴蝶生態園區來遠足，也順便做自然生態教學。這一隊的小朋友和都市裡的小孩明顯不同。他們看起來比較野，皮膚曬得比較黑，活動力顯然比較強。二十來個小朋友中，有很多對周遭的一切，比老師的講話更有興趣。有的甚至無拘無束跑來跑去，像沒有人管的野孩子。喔！值得讚頌的野性，未被馴化的精神！儘管這老師的嗓門比一般細聲細氣的女生大，聲音也比較高亢，但是好像很習慣於這樣自由放任的教育方式，並不約束孩子們的野性。

在園中的一隅，一個雜草叢生的土地旁邊，豎立著一塊三角形的告示牌，上面彩繪著一條卡通化警戒色的蛇。從盤蜷的蛇身昂起蛇頭，上面畫著兩隻圓圓的友善而充滿笑意的大眼睛。但是旁邊卻用大字寫著：小心有蛇！這時有一個頑皮的野孩子，跑到這個地方看著告示牌下面的草叢，被嚇住了一般，很認真地尋找那不知藏在哪裡的蛇，顯出疑慮害怕的神情，怯怯地問正好在他旁邊的我說：「老師，蛇在哪裡？」

他可能以為這裡是像動物園一樣，在這個草叢裡養著蛇吧。喜歡捉弄小孩子的我，半開玩笑地說：「牠會在你不注意的時候突然跑出來。」因為他專注地在草叢裡找蛇，並沒有看到我調皮的樣子。在他那麼認真的臉上，此時顯現出更深的懼怕來。

我有點不忍心，就轉變話題問他：「你看過蛇嗎？」

他想了一下點頭說：「有。」

「在哪裡看到的？」

「在三峽原住民博物館。」

這答案令我有點失望。我本來是希望他會說是在野外，或甚至是在家裡看到的。

「那蛇是活的？還是死的？」

對這個問題，他顯得很困惑，無法回答的樣子，眼光中有一種夾雜著恐懼、憂疑而困惑的神色。沒有回答我就悻悻然轉身，跑去加入女老師熱情、高亢，充滿生命力的講解中。這女老師就是活的啊！

畢竟我對小朋友開了一個可怕的玩笑。對孩子來說，和經歷過人生重重波浪而心思複雜的老人談話，是很累人、很危險的。對野孩子小小的心靈來說，生或死是多麼深奧難懂，多麼殘酷的事啊！希望在他往後長長的人生中，能夠不要過於憂疑。而且能看出那有著圓圓的、充滿善意的大眼睛，捉狹地吐著舌頭扮鬼臉的笑笑蛇，是由一個充滿幽默感，也扮著那樣的鬼臉的畫家所畫。

蘭花記

一個和我一樣任性的朋友，送我一盆同樣任性的蘭。他說這是臺灣原生種的蝴蝶蘭。對於嬌生慣養的寵物，我一向敬而遠之，因為我覺得那種生命是一種沉重的負擔，我害怕面對衰亡的悲哀。當我告訴我朋友，我想綠化我那小小的陽臺時，他問我要種什麼。我說我的陽臺日照不足，也吃不到雨水，而我生性粗疏，常常幾個禮拜忘記澆水，更別提除蟲和施肥了。所以如果有那種和我的生命一樣頑賤的盆栽，甚至於還能開個花什麼的，那就別無奢求了。聽我這樣講，好像不經太多思考，他就隨隨便便送了我這盆蘭。為了保證會開花，這盆蘭交給我時，在兩枝花梗上已經結著幾個小小的花苞。初看它的姿態並不優雅，甚至有點邋遢。兩枝花梗，一橫一豎，看起來東倒西歪。另外兩枝上次花期開過花而已經乾枯的花梗，未曾修剪，但是以花道的角度來看，倒是充滿禪味。它在布局上具有平衡感和演出感，而且它正好位居畫面的焦點，引人遐思生命的季節和滄桑。從中心往外隨意開展捲曲的五六片葉子，看起來並不肥厚，甚至於有兩片葉子還有折損和破洞。但是這並無損於一株蘭的尊嚴。我一點也不以為意。因為這顯然正是我想要的。一株經歷過風雨摧殘，還能燦然活出自己的無愧的生命。這些都是我後來在描繪它的時候，一步一步深入感受到的獨特的生命之美。美有時需要深情的凝視，才能發現。

我畫架上空白的畫紙已經擺了一整年，沒動上一筆。我不想為畫而畫，而且我有等著我寫出來的詩。畫沒有意義的東西，不但浪費時間，而且浪費材料，更糟糕的是，畫好之後看了討厭。當這盆蘭不知在什麼時候（當然是趁我沒看著它的時候。可能在我做夢的夜晚，而月光照亮它的時候；或者是日間當我猥瑣奔競於滾滾紅塵中的時候）燦爛地綻放了所有的花朵，相較於原本其貌不揚的枝葉，你再也不能忽視它的存在了。我心中生出感激的心情，開始因為對它疏於照顧和關愛，而感到有所虧欠。啊！自我中心的人類，庸俗的心靈啊！你該感到慚愧了吧。因為知識不足，在它兀自盛開了兩三個禮拜之後，忽然擔心起花落有時。出於一種急迫感，好像那麼理所當然地來到畫架前，決定要在花謝前為他留下一個真實的姿影。原來這空白的畫布呆立了一整年，就等著這一刻。

起初在為它擇取角度時，無論怎麼擺都不能滿意。那是因為受到先入為主的美的觀念的拘執，而且不知道自己要表達的是什麼的緣故。但是我很快地就超越了美的成見，頓悟了生命的本色。這株蘭本來就是我想要的啊。它生命的所有特質都是它的美。而那種美甚至於和我同根同命，一起存在的啊。我悟得了「物我一體」、「橫豎是蘭」的偈語。在兩天裡，我用五個小時描繪它。我是那麼專注，拋棄了所有的妄念和成見，我也忘記了自己的存在，忘記了世界，忘記了時間。美已經不是我所關注的主題了。我一面描繪，一面感受和思考，逐漸穿透了表相，捕捉到某種永恆的東西。

插圖by Bming Gyao

淡漠

畸零人啊！在這迷夢般的世途，人們有眼無心，對你視而不見，匆匆錯身閃過。而我，我能一眼就認出你來，且敢深深凝視。

有如無人野渡的不繫之舟，是誰捨你而去？亦或是你隨波逐流漂泊而來？不為什麼而來。曾經穿越什麼樣的風暴，你未死的容顏，仍有一絲活氣。喔！畸零人啊！你活著是為了啥？留那一口氣是為了啥？

這世上，似乎人人都在尋歡作樂，或正夢想著求之不得的什麼東西。他們都有著一個相同的臉孔，因充氣而膨脹的臉孔，以及獸的眼睛。最後他們或許會留下一片碑銘，但我卻甚覺枉然。

而你，你這讓人瞧著就不舒服的存在，你讓他們心虛且驚惶。從小就把快樂視為理所當然而過著每一天、每一分、每一秒的人，無法理解那自絕於俗世欲樂的人，像你這樣的人！你不會疼痛，甚至也沒了快感神經。因為你，我苦澀地知道，快樂的反義詞不是痛苦，而是虛幻。你讓他們夢寐以求、精心締造的世界，蒙上一片古老的陰影。喔！可憐的人！你何至於此！你患上的是較諸痛苦更為致命的傳染病。因此，就有那以堅毅自豪的人——他們有一張岩石的臉孔，和一副鐵鑄的心腸，開始將殘忍的目光惡狠狠地盯向你，而思考著該如何將你隔離或放逐。他們是如此地害怕或厭惡你，以至於連記憶中的你也要澈底抹除。這個世界本就不該有你這樣的存在。而我，我卻知道，他們的世界，只是一片海市蜃樓。於是當他們越想將你從他們的腦中消滅，他們便越加害怕，越加嚴重地感染這致命的虛幻症。喔！痛苦！快樂的幻滅，帶來更劇烈的痛苦。然而你卻一派淡漠。而我從你的淡漠裡，看見一絲挑釁，帶著輕蔑的挑釁，還有一絲憐憫。

「來吧，來和我們一起吧！你早該覺悟的。」

那憐憫比訕笑，更加刺痛我即將死去的心。那一寸一寸死去的心。而我感到我的臉孔逐漸石化，目光漸漸失去焦距，悠然望向天之一方。最後，連死亡也堪堪越過……

殘冬日暮

似乎只在昨日，多少繁華，多少歡樂，眼下已淡成迷濛一片。多少愛戀，多少殷勤，已在不知不覺中失去了溫度。喔！我的心已一片冰涼！但那些傷痛，那些悔恨，卻像餵了毒的箭，都射在這可憐的心上。為什麼這顆冰涼的心卻不麻木，卻不死去！這一切難道只是無止盡、要死不活的折磨。多麼冷酷！多麼虛幻！這世界有什麼還能讓我哭泣？

在這無可逃遁的天地、在這殘冬、在這欲望城市的日暮、在意興闌珊裡、在這公園蕭瑟的一隅，看見一個變老變醜的婦人，匆匆走過，後頭跟著一隻看似老得走不動的馬爾濟斯。牠在我面前稍稍停佇了一下，用牠圓圓黑黑的眼睛，善解地望著我。

「走快一點！」那遲暮的婦人，轉過頭來厲聲喝斥這毛色已經變黃變雜，步態蹣跚的老馬爾濟斯。

唉！為什麼女人變老，連聲音也要變得如此聒噪難聽？難道她忘記了曾經美好的青春，曾如何唱著甜美的情歌。難道她這麼快就忘了，那定期送洗、噴香水，還在頭上給紮了蝴蝶結，雪般白的馬爾濟斯。那曾經如何被愛撫擁抱、如何青春跳躍，帶來歡笑的馬爾濟斯！喔！那曾經溫柔、曾經美麗的女人，曾經也有愛情的女人，如今……

這一切都在蕭瑟中，都在那愛作弄人的惡魔的詛咒中，在我無解的痛苦中，隨那昏昏茫茫的落日、隨著老婦和馬爾濟斯蹣跚的背影，落入更深的暮色裡……

夏

夏日遠颺，已隨那最後一陣風雨遠颺，隨著女孩長長的馬尾輕盈甩動的背影，告別了一去不回的童貞那般，在蒼老而悔恨的眺望中遠颺。我心裡說，這該是最後的夏日裡最後的風雨了。因為，如果這是一個人的哭泣，這也該夠了；如果這是一個季節或故事的終結，這也就是了。在這風雨後的沉寂中，我的心聽到，周遭又響起了細碎的聲響。人們好像已再度收拾起破碎的心，要重新出發去面對他們的一天。這什麼都不能確定的國家，可悲而又充滿不確定夢想的一日。而他們是這樣過完一輩子的。

雖然雲層還是很厚很悶，但顯得焦躁不安的太陽不耐煩地從雲堆裡擠出它刀刃般的弧，像要割斷這一切糾纏。昨夜，它是在那泥濘般的雲堆裡輾轉難眠的吧？

但我沒有忘記，這眼前陰霾裡的一點光明，全都來自這個生病的太陽。啊！我曾經年輕狂野的心，並沒有忘記那長長的夏日在生命裡留下的烙印。夠了！這低氣壓死氣沉沉的夏日。真的夠了！我已厭倦這總是離別的季節，厭倦這總是漂流的島嶼，厭倦那總是要糾纏到深秋的病蟬。這個連季節也糾纏不清的故鄉啊！夠了！一切的夢想，一切的許諾。夠了！人們眼眸中的空洞與徬徨。我翻開一本詩集，只看見一片失焦的空白，卻又無力闔起。我奮力搆到一瓶孤獨不宜的酒，旋開鏽住的瓶蓋，一陣猶疑之後又旋緊了它。憎恨使我把它旋得更緊，心裡惡意地想著，下次得先想個清楚，更加決絕更加用力，才能開啟這騙人的東西。我想播放點什麼音樂，卻呼喚不出相應的樂曲。我憎恨我無能的才情。在這什麼都過熱的長長的夏日，顯得更加無能、更加冰冷的詩人。

走了，都走了，不留絲毫痕跡走了。這周遭彷彿又墮入了無情的沉寂和空洞。哼！該走的不會留下！這沉寂如此熟悉，好像是自己親密的分身，看著恍神的我，又那麼清醒地知道是看著自己。不！沉寂的是我。說不出的悲意、無力感的憤怒、無法付出的愛釀造了我的憎恨，在這長長的夏日裡發酵。這病態清醒著的是我，拼命掙扎著的也是我，為何我這樣憎恨著的，竟是我自己。

啊！夏日遠颺，從我冷冷的眼底遠颺，從我矛盾的不捨裡遠颺。儘管那夏日或會如不真切的記憶中那樣再度降臨，但我預感一切只會如幻夢一場。而我這可悲的旁觀者，儘管滿懷情愫，並無一曲相送。對於來者，也並無歡欣的期待。

色界

喔！這花花世界，映照出人心的迷亂。而那搧動血紅斗篷的鬥牛士，正以誇示英勇的惡作劇姿態，挑逗著憤怒、迷惑、垂死掙扎的蠻牛，準備給予最後致命的一擊……

面對這花花世界，就如那莫名其妙走上悲劇命運的蠻牛樣，人們知道自己的盲昧嗎？他們終究只是變得無感地、無趣地、被動地接收那些色彩所發出的物理性光波，就如他們不知不覺呼吸著無色無臭的空氣一般，只是直覺反射地，迷亂地面對那逗弄著他們的色彩、或是旗幟，而在一陣盲動之後，感到疲倦和懷疑，感到麻木的空虛，如死亡一般的空虛……糊里糊塗的死亡……糊里糊塗的戰鬥……

也有如那追求感官刺激的吸毒者，他們追逐瑰麗的旅程、璀璨的煙火……或在空白的畫布上，塗抹他們錯覺的世界，填補他們虛無的人生。就這樣，那真實的世界也就在迷彩中隱藏得更深了……

於是，就有那達達主義者、虛無主義者、超現實主義者、新客觀主義者、現代主義者、後現代主義者……不斷地變臉……

於是，就有那非人，喃喃叨念著咒語……

……色不異空、空不異色、色即是空、空即是色……

而微小如一草芥，人們迷失了自己的本色，且以頹然而可疑的身影，沒有方向也無抗拒地，就掉進這霓虹閃爍的陷阱、來到這歷盡了四季的殘冬……多麼迷惘啊！到如今……

喔！這些欠缺美感、內在腐敗、不知為何而活，卻拼命繁殖的物種；這些惡趣的裸猿，各自挑選了自己不瞭解的色彩，披上那些俗辣的衣物，洋洋得意且趾高氣昂地招搖街市，彼此挑逗、彼此嫉妒、彼此醜化……其實全屬盲目的誤解，就如那可悲的蠻牛……喔！感情的欺騙、政治的詭詐、真相的扭曲……

黑A、白E、紅I、綠U、藍O、母音……詩人童年的識字簿……不能單獨成胎的母音，必得闖入成人世界的迷宮才能受孕……喔！那些活蹦亂跳的私生子！

這些裹上糖衣的巧克力……那些誘人的七彩汽球……來自童年遙遠的記憶，逐漸朦朧了……換上成年不成熟的毒癮……天旋地轉……

自由了！那野孩子的心！遠颺了！那天地孤兒的心！隨著那向天空飄去的汽球遠颺，沒有定向地……那些夢想，空幻的或華麗的；那些記憶，甜蜜的或苦澀的，失去了意義……最後也會如那汽球破滅，或消失於雲深不知處吧……

唐梅

是誰偷走了那棵樹？或者，是誰偷走了我的記憶？

好像什麼事都沒發生，這山中的公園仍然沐浴在一片和煦的陽光中，就如我記憶裡那年的那一天。帶著一種沒人理會的憂鬱和陰晴不定的心情，觀望這一片夢幻的繁華景象。有如遵奉古老的傳統儀式，每年的這一天我會來到這裡，沉靜而肅穆地觀賞那棵造形奇特的樹。這絕非尋常的記憶，而那也絕非尋常的一棵樹。那絕不是看過後就忘記，並無法從其他樹分辨出來的任何一棵樹。

為了證明那棵樹確實曾經在那邊生長著，而現在似乎更重要的是，為了證明我的記憶沒有喪失，我必須盡我所能對你描繪那棵在地面標示著「唐梅」的樹。這是我第一次知道有這種樹的名字，也是令我更加堅信這棵樹的存在和我的記憶無誤的原因之一。現在這棵樹不見了，但是它的意象和「唐梅」這個名字，卻無論如何也無法從我心中抹除，甚至反而還變成一個頑強的執念。我不斷地、不死心地回到這夢幻的場景，卻又重新加深了我的執念和悵惘，年復一年。

困擾就從發現這棵樹從原地消失的那一年開始。本來長著造形奇特的這棵樹的地方，現在空出一片綠得有點刺眼的草皮來。好像專為挑戰我的記憶一般，那片空地本應有一棵樹才合理的造景，現在卻像赤裸著的感覺。雖然陽光一樣美好，綠意更加盎然，但不免益增繁華的夢幻和失落。

我這樣想……這絕非無關緊要的庸人自擾。

如果你失去了你的記憶，那你如何知道你曾如何活過？如果你曾走過的千山萬水，沒能進入你的生命，在你眼底凝結成一幅風景，那些山水對你何曾存在過？對你又有何意義？而我曾走過多少千山萬水，並將之遺忘！

如果你不能記得一個人，以致你無法從陌生的人群裡認出那人來，即使她似乎帶著某種殷切的眼神，彷彿期待你能認出她來那般，然而你卻完全無感地冷然和她錯身而過。何其冷酷的遺忘啊！多麼不可靠的記憶！多麼飄忽不定的存在！至今我無法忘記她那有點驚愕和不無有憾的美目。但那時的我，對自己的記憶是那麼有自信，而對她又是太過冷酷了，以至於我連回頭再看她一眼的念頭都不起。

不！不！不！不！不該是這樣的人世。不該是這樣的我。現在我將牢牢攫住存在的每一分每一吋。我將用我生命全部的真誠對你描繪那棵樹，彷彿它是我生命的一部分那樣。而那確實也是。彷彿那棵樹是世界上獨一無二的存在，是某種奇特而神祕的真理一般的存在，而那真理也包含了我。

就是那麼渾圓、那麼均衡，不只是外在的造形，其內在也醞釀舞動著一股靈動的太極氣韻。此時葉已落盡，而花苞未萌，看起來風骨磊落，器宇清朗。從根幹向著天空生長，又向四方開展，分而不散，歧而不亂。因著向陽性和背地性，這些分枝循著一種自然生長的均衡和弧度，向四方伸展，又蜿蜒而上，然後到了一個限度，又都一致向圓心聚攏，形成了這渾圓的氣勢，像一個渾天儀，測量天地四時的運行。那根幹有如楷法穩健雍容；枝枒又如金文端凝；梢末則峭如甲骨，勁如行草。我如此看見了它的神韻。

就是這樣的一棵樹！就是這樣的一個記憶！就在那年的那一天！

「我就在這裡啊！」我似乎聽到那唐梅使勁這樣吶喊著。

金絲雀

這怪嘹亮的清唱，似熟悉而又陌生，若說是生命的雀躍，為什麼在我聽來，卻總有一絲莫名的哀韻，還有孤獨味？彷彿這是天地間本來的基調？而有如執著要傾訴她的故事一般，一再重複著那一串旋律；亦或這是她熱切的呼喚，對那人的呼喚。好像在沒有得到那人的回應前，她會這樣一直呼喚下去，呼喚下去……以至於那歌聲聽起來就愈發孤獨而悽惻。而這呼喚也終將枉然似地……

一切皆空。那人去樓空的象牙籠空了，金甌空了，追憶也空，唯留那意味深長的歌聲於我恆常魅惑的夢魂中……不斷啼叫著、啼叫著……而人們總說那是她的歌唱，彷彿她的啼叫是專為取悅他們淺薄的感性的歌唱。多麼魯莽啊！他們懂什麼歌唱！多麼自我中心啊！他們怎懂得那是她的心聲……她無望的愛、她的孤獨、她的囚禁、她夢裡的逃逸……

啊！走了！何時終於飛走了！走了也好，如果這是她的選擇。外頭是無垠的青空、連綿起伏的綠色山脈、幽靜的樹林、沁涼的小溪、花、蝴蝶以及星星……

走了好！就算時而有風時而有雨，就算時而挨餓時而受凍，這才是真實的世界。走了好！如果她能幸福。幸福不能由這可悲的囚禁者所施捨。

要幸福喔！要快樂喔！至於我，我沒關係啦！一切的孤獨就由我來承受。

或者，我亦將向著那彷彿尚有餘音一縷的虛空飛去……而或許，詩人的詩，亦將如夢魂中的歌聲一般，在風中飄散……

而那鳴叫，清亮而高遠，自由而超脫……

沒有意志需要自由

你不會經常看到這個人。他只會在他想要出現的時候、在他想要出現的地方出現。因此，在這艱難的世界，他似乎掌握了某種主動權或某種自由。總之他不是那種可以招之即來、揮之即去的人。在這世上，即便地位再高，也總有聽命於人的時候。這樣看來，他就有那帝王般的氣派。或者可以說，他的生存條件或生命結構，正好達到一個平衡而穩定的最高狀態，使得他的存在，達到一個超凡入聖的境界。

或許這只是一個幻想。他是不是無家可歸的流浪漢，沒人知道。但是「家」就是「枷」。沒有了家，不就自由了嗎？

不僅如此，他那一身完全不在乎旁人勢利眼的衣著，彷彿是他的嘲弄，對周遭華服虛飾的假人們的嘲弄。而他的神色，在傲氣中顯現出尊貴的氣質。雖然沒有人知道其來歷，更不可能知道他那一頭亂髮的腦袋，裡面裝著什麼。但看到他探照燈般的眼神，你會感到一種被穿透的顫慄，連你的命運也被他看穿了的感覺。更為奇特的是，有些人會懼怕或厭惡他；但是有更多的人卻像看到救星般來問路。所以他的神氣，絕對不是拒人於千里之外的傲慢，或沒有人味的冷酷。反倒是一種給人某種希望或安心，甚或同病相憐的感覺。

說來也真奇怪，你對他的感受和反應，可能正好映照出你是哪種人。你或是那種你鄙視或討厭的人；或你是和他同類的人，具有能捕捉真實的他的慧眼？在他冷然嚴厲的外表下，藏著一顆溫暖的心。你看到哪一種？

西塞羅說：「在群體中要維護個人的自由難，但至少要維護自己內心的自由。」但你知道要維護自己內心的自由有多難嗎？這要比外在的自由更難才對吧。

對於有特權或有反社會人格的人，在群體中我行我素並不少見。但是對一個內省敏銳的人，心靈的枷鎖要比社會的規範更難解脫，更別說人還受到自己不能察覺的潛意識的左右。

在一個不屬於誰的午後，我偶然看見了這樣一個人。他似是遍歷人間的冷暖和無常，再也不興波瀾了。他是那沒有意志需要自由的人。彷彿自由是那麼自然的存在，根本沒有什麼需要維護的樣子。他這樣無可無不可，瀟灑而浪漫地走著。彷彿沒有目標地走著，在這紛紛擾擾的世途……

愛霧說

聽說有一種叫「星期日病」的精神官能症。症狀是，在美好的星期天，反而變得病懨懨而了無生趣，像患了重病一般臥床不起。我並不確知是否真有這種病。但我確實曾經受過這樣的折磨。或許是平常工作太認真，神經太緊繃，一旦放假，肉體和精神因為不能適應，而陷入一種混亂的狀態，既極度疲累又無法真正獲得休息而焦慮著。你越知覺，焦慮就變得愈嚴重。

記得在一個陽光普照的星期天，當我正深陷於這種苦惱時，朋友來電邀約去陽明山兜風。因為感激他的邀約，又不想掃朋友的興，也就勉強打起精神去赴約。

在僻靜山區一段蜿蜒的山路裡，我們突然闖進一場濃霧中。眼前的世界變得混沌一片。當我因意識到車禍的危險而緊張著，朋友卻篤定而輕鬆地握著方向盤，稍稍放慢了速度，若有所思地用一種平淡的語氣說他愛霧。他還說這山區是經常會突然起霧的特殊地形和氣候。或許他是特地為此而來的吧。雖然他沒有更進一步表達對霧的感受，但卻已使我內心為之一震。他那種我所無法理解的幸福，似乎就隱藏在這樣的平淡中。我們默默地在霧中以安詳而溫柔的心思航行著，猶如駛過一片神祕的海洋。

我總是羨慕著我的朋友，而且認為這是一種宿命。不像我一路跌跌撞撞，他從小就名列前茅，一帆風順。既使偶有挫折，我看他總是雲淡風輕，沒皺一下眉頭。他既沒有強烈的企圖心，也沒有嫉惡如仇的正義感。其實他也無非只是一個平凡的上班族，一個物質文明的寵兒，澈頭澈尾的享樂主義者。他把每一天當作是最後的一天那樣，決心不虧待自己，也絕不留下任何遺憾。他拼命享受拼命玩。他常半開玩笑地說：「說不定明天就會死掉，所以——」。但幾十年下來，我看他反而活得好好的。對他來說，此時此刻，都該把握機會好好享受可以享受的一切。因此他沒有多餘的心去多愁善感，也不想浪費精力去發掘什麼問題。所謂「先天下之憂而憂，後天下之樂而樂」在他看來只是庸人自擾。而所謂精神勝於物質的觀念，他既不反對，也不苟同。對於我所追求的藝術和人生的意義，他不會鑽牛角尖，也不會有病態的耽美。當他用那種淡淡的喜悅和浪漫說愛霧時，我覺得那就是他幸福的奧祕和他生命最好的詮釋。雖然我認為他不懂藝術，也沒有什麼哲學，但是他也不覺得缺少什麼。

我不禁要開始反省，我們的人生是多麼的不同。然而，我們不都是在追求著幸福和快樂嗎？我們到底誰比較快樂？誰比較幸福呢？或者，我還追求著什麼別的嗎？我的審美意識是否已被過度病態且遠離自然的文明所誤導？是否我對生命的看法，有太多荒謬的偏執而不自知？而這樣的偏執和荒謬，也會出現在我的詩裡面嗎？但是相對於科學要對真理加以確立，藝術的本質是要來顛覆的。只要出於至誠，我又何必懼怕如詩的偏執和荒謬呢？

突然闖入一場霧，如一個美麗的邂逅。一場霧如一場夢。霧會散去，而夢會醒來。何必過於拘執。生命誠然需要意義，可是誰又能絕對定義？命運充滿變數，誰又知道真正的禍福？更別說其結果又往往令人啼笑皆非了。當我漸漸沉澱於這本然的宇宙大生命之中，一種性靈中的清明在無形的契機中升起。我開始享受起出雲入霧，遨遊天地，隨機而化的境界來。而我好像有一點點不同於往常。

紅塵——臺北暮色

這世界是彩色的世界，萬物因顏色而染著。而我卻遺忘了自己的顏色，且以這身頹然，沒有企圖也沒有抗拒地來到了三月。這亞熱帶臺灣的三月，繁華盛開又落盡，綠意氾濫帶點荒涼味。

啊！這個凌亂的世界！這個失魂的城市！人們為自己無色的生命穿上俗豔的衣物，塗上狗血口紅和藍調眼影，並戴上濃黑的假睫毛，猶如夜間閃爍的霓虹燈，妝點無邊的黑暗與寂寥。啊！這些無生命的顏色令人懷疑；而人們如饑似渴地需要浮誇和偽裝。但是他們都戴上精明的眼鏡，互相打量，調整這個世界的距離。那兩方閃閃發亮的橢圓形鏡片，過濾了這世界的真色彩，卻又依著自己貧乏的想像，愚痴地建構了短暫棲身的虛擬世界，有如失敗的油彩畫，刺痛我敏感的視神經。其實這也沒什麼。每個人眼中的世界都不同，且隨著時光和心情而變化。失魂的人啊！我知道那如真似幻的日子。我知道夢幻破滅的哀愁。畢竟我曾走過一千個城市；畢竟我已做過一千個夢，彩色的夢！

我該如何安慰你？我知道你已倦了。而眼前是灰硬冷漠的柏油路，長長的苦悶的人生路，伸向遠方錯綜複雜的交叉路。焦躁滾動的輪胎，盲目而無耐性地奔走著，奔走在冷漠而敵意的車陣中。一大面一大面的廣告牆，半誘拐半恐嚇，驚悚地豎立在眼前。迷失的人啊，你轉啊轉地，繞啊繞，在單行道裡迷失又迷路。黃燈紅燈黃燈綠燈黃燈綠燈黃燈紅燈黃燈紅燈紅燈紅燈……。這路途走得不痛快，且磨損一個人的個性和銳氣。唉！這城市，我還得繼續和它耗下去。那魅影幢幢的灰調大樓高高低低，彷彿是離我很遠的廢墟，因薄暮的夕照而染上末日虛幻的輝煌。遠方綠色的山脈，淡藍其上的天空，連同這圍困在盆地中的灰都市，全都壟罩在朦朧的紫色妖霧中。彷彿一切都融化了、模糊了、變淡了。而突然間看見了淡淡的月影，神祕而超脫地高懸天空。我像一個過早上工的點燈人，對誰輕輕喟嘆！

啊！要是我早早遠走了他鄉，做了異鄉客；要是我選擇了不同的人生路，眼前的這一切或許會是另一番不同的風情？啊！這朦朧的月，為誰而照？而我將為誰許下願望？自從，自從在某個日子裡，悄悄地告別了某些熱切和想望，我已不知身寄何處，僅飄然地以逐漸冷淡的餘溫猶然思念著……

一種恩典

我是一個不容易上癮的人。可能是我厭倦重複，或者太喜愛自由，不願為物所役，或是我從小就恐懼著毀滅性的迷戀。所以從未崇拜某個偶像，迷信某個主義，或迷戀某種事物。如果說曾經有一些稱得上喜歡的東西，好像隨著日子的流逝，幻夢般消失，再也談不上什麼熱情和迷戀了。然而未來又如何呢？想起來更是令人徬徨而又感傷。那一排排的書，一件件藝術品，一片片CD，頓時蒙上淡淡的朦朧和疏離。我自問不是個冷淡的人，但為什麼熱情消褪得這麼快？

記得我曾問一個唯物論的中國青年他喜歡什麼。但出乎我預料的是，他居然反問我，「喜歡」是什麼？我不是唯物論者，也不是唯心論者。我用自己的思維方法思考這個問題許久。如果我有機會再碰到他，我想告訴他我的答案。那就是：「喜歡是上帝賜給你的一個恩寵。」這個上帝是一般概念性的上帝，而非宗教性的上帝。我應該會這樣說。

我的道使我相信一個信條：「為學日益，為道日損。」經過這許多年的歲月，一再地減損，一再地淡忘而尚遺留下來的上帝的恩典，希望我的熱情不要消褪得太快。當然我有自知之明的淺薄，會使我維持學習的熱情很久很久。

在我的身邊，尚保持著微溫的有：幾本道和佛的經典、希臘和羅馬文化、文藝復興以來的歐洲美術和音樂包括現代音樂、十八世紀以降的歐美文學尤其是詩、魯米的詩和蘇菲音樂。能和這些文化有精神上的共鳴使我感到無上的幸福。然而，我最大的幸福是那已經融入我的生命的道的修練和學習。應該不算是一種矛盾，這個道是要我學著去除我執的。

向著逐漸熟透而靜謐的黃昏，請一起和我聆聽巴哈的 *Toccata and Fuge in Dminor*（《D小調觸技曲與賦格》）以及貝多芬的 *Moonlight Sonata*（《月光奏鳴曲》）然後，安靜地什麼也別說。

心路

熱烈的渴望，往往換來冷冷的幻滅。癲狂的愛欲，到頭來總是落得無限空虛。長途跋涉的旅人啊！你已領略了太多的虛幻。然而，追逐夢想的刺激，盲目衝動的冒險，回想起來仍然令人血脈賁張，興奮不已。那些青春的歲月啊！那些奔放的情感啊！那些盲目的旅程啊！你人生的旅途，遺忘了多少應該珍惜的時刻；忽略了多少應該細細品味的人情。你這粗心大意的旅人，魯莽而自我的混蛋！這無法重來的青春，一期一會的旅程！

但是，你那顆仍然狂野的心啊，如何能在無趣的現實中安份？你那愛作夢的靈魂，如何承受得起已知必然的虛無？即使是最微不足道的可欲，或堂而皇之的理想，打從一開始你就明白，這一切都只是虛妄和徒勞。但是為什麼你仍抱著一絲可疑的願望，自欺欺人，日復一日。曖昧軟弱的心智啊，合該你面對自己無處可逃的訕笑。這折磨人的青春！這無情的歲月！

多麼愚蠢！多麼冥頑不靈！你看不清自己，也看不清世界。那些小小的算計和陷害！那些小小的傷害！那些不意外的意外！啊！這虛假的世情，糾纏著沒道理的命運。啊！芸芸眾生，千秋一瞬，多麼渺小的個人，多麼短暫的存在。你仍追求著什麼？

多麼任性！多麼一意孤行！你傷害了多少人？又成就了多少自己？你那小小的自我，還剩下多少沒被磨損？在這精明而快閃的二十一世紀，你傷害得了誰？又有誰在乎你砥砥然的道德？就別再自虐了。饒了你自己，或許順便也饒了別人吧。更何況大千世界，品類各殊，人各異志。不管如何，你已任性地、魯莽地付出了你的真心，做了自己。難道你不該也想想如何成就別人。

啊！貧窮的旅人！在這無比虔誠的朝聖之旅，你卻是那麼富足。啊！憂愁的旅人！你不再需要那些沉重的包袱！

朗朗乾坤，眼前明擺著一個嶄新的旅程。當你理解到，生命精彩的是過程，不是目的地時，你的生命將變得自由、豐富而且充滿了創造的勇氣。

薩滿形而上

在這貧瘠荒涼的海口地帶，住著一群沒有歷史記憶或不在乎歷史的人。他們在艱困的環境中，好像生來只是專為明日的口糧而拼命的。歷史彷彿與他們的生活無關，或只被認為是過去的事、別人的事或大人物的事。因此，與其窮究令人頭痛的歷史真相而不可得，他們反而寧可為了那份好奇去聽耳語或傳說。相對於真相，他們更容易相信謠言；相對於哲學真理的追求，他們更樂於傳播靈異故事。然而這種超乎歷史真相的謠言和超乎哲學真理和常識的靈異迷信，其實卻隱含著一種存在於人類天性中的盲昧和複雜心理化合而成的形而上結晶。因為沒有能力或多餘的精力去分辨歷史和謠言，也沒有能力或興趣去消化深奧難懂的哲理，於是那存在於他們天性中而堅信不疑的，便結成了迷信的美麗結晶。有誰敢宣稱他了解世界和宇宙完整的真相或真理？有誰能了解或掌握人生難測的進程或命運？又有誰對自己的道德良心的純潔擁有絕對的信心？有誰會去否決那不必講道理的奇蹟的可能？而即使窮盡所有的知識和推理，也不能使他們釋疑，為何萬能的大神，不能彰顯其大能於這個不公不義的悲慘世界？貧病窮苦、無依無靠的人們，受盡人間不公平的遭遇凌虐的人們，彷彿活在無政府狀態的天地間。當無路可走、無法可想、無理可解、無處可訴的時候，有誰是他們最後的信靠呢？於是在走投無路徬徨無依的時候，那蟄存於天性中迷信的美麗結晶，便會在一片黯黑中發出幽冥的光芒，吸引那撲火飛蛾般的信眾，投身火焰，引爆肉身產生爆炸的燄火和妖霧，活生生演出靈異。而在這貧瘠荒涼的地平線上，更突兀地矗立起一座座富麗堂皇如宮殿的廟宇。

喔！這些貧窮困苦的人們，亦有什麼華麗的想像嗎？相對於他們卑微的存在，他們心中亦有著歷史人物高尚的情懷和志氣嗎？而相對於凡人難以企及的忠孝節義情操典範之外，更加實際的功利現實，如榮華富貴、平安如意、出將入相、福祿壽喜等等，現實人間的一切夢想，也全部被描繪雕刻堆砌在那超現實的夢幻宮廟上了。而人性內在陰暗的角落，亦如陰間鬼卒牛頭馬面的裝點布置，陰森地在廟中昏黃的火光燭影下若隱若現。

於是，就有那起乩辦事的乩童，為某尊神明顯靈代言，為個官司纏身，有理說不清的可憐蟲斷案，有如法官判決……

也有為患了重病的人，開出有如謎語的奇怪藥方，再加上張朱砂符籙，賽似權威的醫生……

又有人為那誤入歧途、冥頑不靈的子弟祈求神明點化。然而，有道是死鬼好治，活鬼難纏。這次來附身的，不知是何方神聖？而對那似有難言之隱、身份不明的人，那乩童突然神威顯赫大聲喝道：「來者何人！」彷彿那形而上的結晶突然在乩身上綻放出奇蹟般的光芒。看來神明是真的生氣了。

然而，那活生生地坐在鑾轎上，驅策著牛鬼蛇神、流氓政客抬轎的是何方神聖？那些「鑽轎腳」的信男信女，圖的又是什麼呢？而信徒或非信徒肉眼所見，是人類形而上的存在，要不然這是怎麼一回事呢？

詩人之死——悼葉笛

一個詩人是如何自稱或被稱為詩人的？他經歷過什麼樣可稱為詩的存在？詩人的死亡，不同於一般人的死亡嗎？當一個詩人死亡時，我於是在孤寂的悲愁中，沉靜地思索著。

這樣默默地消逝，不正是一個詩人自己認知的詩意的消逝嗎？有如隨著夜之終了而淡然隱沒的晨星，好像在悟解生命的真義之前，他只是暫時隱身於更強的光芒中那樣，隱遁於另一個我們尚不明白的世界。我們不也是同樣地時明時滅，擺盪於虛實二極的存在嗎？所謂的存在，有什麼人真正瞭解嗎？由於對死亡無法瞭解，所以我們也不能真正瞭解存在。我的奇想是——或許是事實或信仰——詩人和我們一樣，是擺盪中的人，現在他盪到我們所不明白的另外一端。暫時我們看不見他了。但是到了詩意的夜晚，他會默默地在遠遠的那端閃爍著。
這就是我所認知的詩、人以及他的死亡。以及我如詩的悼亡。

破碎的人

喔！詩人！為何我只對詩人說話？

昨日已經過去了，死亡了。就如被撕掉的一頁日曆，所有的一切都將隨之消逝。但只有詩人能改變過去，改變這已經死亡的昨日，讓未曾被好好對待的昨日，重新活過一次！就算那是充滿懊悔和悲傷的一天，破碎的人啊，你有沒有勇氣或詩情，把那一天再過得完滿一點、瀟灑一點？

昨天還有昨天的昨天，和明天還有明天的明天一樣，充滿未知和可能性。但是明天比昨天虛幻一百倍。可是我們有誰不是虛幻地度過昨天？喔！破碎的人！但願你今天不會破碎！因為破碎的昨日已經過去了、死亡了！你已經是一個復活重生的人了，就在今天！而明天你將比今天更加睿智而勇敢。而且更加溫柔和虔敬。多麼危疑不安的人世啊！多麼脆弱的人類！我們需要一種內在的虔敬的力量！還有可以替悲傷和懊悔塗上一層神聖光輝的彩筆，讓破碎的人修復的藝術。

每個人都活在奇蹟的神祕中。啊！對那沒有機會感覺如此活著的心靈，我希望能把這個奇蹟的種籽種在他們的心田。然而，這絕非想像之物。我們只是對奇蹟渾然不覺而已。破碎的人啊！你也活在奇蹟中。你知道嗎？

那太強悍、太冷酷的心靈，不能察覺心靈的脆弱，當然也就不懂得溫柔和虔敬的可貴。然而，誰都應該有一個重新來過的機會。昨日已經過去了，死亡了！現在就迎接新的一天吧！

讓昨天的一切執著和妄想，都歸零吧。讓個性和脾氣也隨昨日的日曆一起撕掉。讓身份名望和階級意識、自我意識都隨昨日死掉，成為一個心靈自由自在，樸拙而真實的人。

有如瓷器掉地，碎片四散噴飛，昨日因各種妄念和意外而魂飛魄散的破碎的人，奇蹟般回復完整，而且真實地呼吸每一口氣。

浮世繪

一臉無辜與茫然
仰望天空的盲人
聽過天上人間許多事
想起什麼似地問道
「天空是什麼顏色？」
旁人不假思索說
「藍藍的，像大海。」
他瞪大了盲眼
認真地看著天
露出卑微認命的苦笑
他也不曾見過海的顏色

但有人告訴過他
那天上教堂身上穿的
就是藍色
他感到那似喜還悲的聖樂
似乎也是藍的
而記憶中的故鄉
海潮起落唏噓
海風凜冽

這時陽光穿透雲隙
和煦地照在他臉龐
「那太陽呢？」
「金色，像黃金。」
他也不曾見過黃金閃耀
但人家把顆橙子塞到他手中

「這是加州橙，黃澄澄像黃金。」
他聽說那遙遠的加州
像天堂
還有一首舊金山
唱著花、愛和溫柔
而那橙子又酸又甜又遙遠

他又想到雲
詩人們的雲
「那雲呢？」
那人看著滿天彩霞
低迴又沉吟
「像路上行人們的衣裳。」
無法想像，也無法觸及

只是偶而飄過一陣菸味香水味
他聽著人們來來往往
各種各樣的嗓音
還有浮世的話語
在空中飄蕩

於今何如

我從某處來
異鄉人般站立
微微底茫然
環顧這陌生的天地
其實更陌生的是自己

空掉了腦袋瓜子
被抽掉了筋骨肉
感到輕輕的搖晃
生出漂泊的悲涼意

插圖by Bming Gyao

想起去年江邊小立
那時還可憐一株老瘦樹
稀疏的枝條
沒剩幾片殘敗的葉

這時節，秋風中
它可還咧咧地搧響不？

豔紫荊

秋深了。

臺灣之北——

那霪雨霏霏的冬季已然逼近，這最後的秋日，更加令人覺得彌足珍貴。秋陽在這黃昏時刻，釋放依依回眸的光芒。喔！那無法挽留的光陰！不堪回首，哀樂參半的日子！多麼曖昧的情懷！如此不踏實的人生——不踏實地走著——

步道邊一派寬闊的綠帶上，任意而隨興長著楓、樟、欒和豔紫荊。遠遠望去，在樹下那一大片綠草地上，好像覆蓋了一層粉紫色薄紗，一片朦朧夢幻。原來是盛開的紫荊花落下了滿地粉紫色羽狀花瓣。

啊！是我錯過了那從天而降的花雨——那仙女散花的時刻——

多麼執著的心！何必總是為了錯過的時光而傷懷！這個時刻不正是應該好好把握的時刻嗎？就這樣放下對過去依戀的心情，好像也換來一個感到堅實的存在。

有如天地初開，這神奇的一刻，陽光從樹冠篩下迷濛神祕的光芒，映照出前所未見，夢幻朦朧的紫荊花奇景。那粉紫色薄紗上好像瀰漫著氤氳蒸氣。這是想像出來的嗎？不！這是我這雙肉眼看到的，實實在在的仙境。止不住內心莫名的感動，一種虔敬的宗教情感油然而生。這即將過去的季節、即將黯淡下去的黃昏、轉瞬就要消失的奇幻光影，奇蹟顯現的一刻！

放下吧！不管過去的日子有多少傷感！放下吧！不管過去的人生有多少遺憾、有多少歡樂，就在此刻，那過去的一切都顯得平庸而虛幻。就是這麼短暫的一刻，讓我看見了創造的奇蹟。好像就在這一刻，讓我也置身於那奇蹟中。

儘管天色已暗，儘管知覺一切都將回復日常，在這大自然的聖殿裡，美的禮讚，彷彿從悠遠的古代聖地，從我的心底，裊裊升起。

人生是虛幻的嗎？

我佇立良久，不忍離去，彷彿也成了奇蹟的存在。

火燒雲

你的人生有多少值得你記憶的？

看見西邊天空中熊熊燃燒的雲，想起年輕時頭腦裡冒出「燃燒的天空」這樣的言靈，那時——彷彿胸中也猛烈地燃燒著。喔！那難以形容的情懷。有點瘋狂，有點傻愣愣地，眼中冒著火！

是什麼樣的日子，澆熄了你胸中之火？是什麼樣的人生，讓你遺忘了那年輕的歲月？你用寶貴的青春，換得了什麼？

這天空仍然是往日的天空。這燃燒的雲，一樣熊熊地燃燒著。「燃燒的天空」這樣壯烈的詞語，仍然在腦中冒出。而在這同樣的天空下，我彷彿看見了那個眼睛有火的小子！還是那麼瘋狂，那麼傻！只是多了一點自我嘲弄，少了一點執著。那時的傻小子，看不到現在的我。而現在，我則看見了他！

往常散步會偶遇的老婦和馬爾濟斯，錯身而過。那白色的小精靈，好像發現跟往常不一樣的我，頻頻回頭，用牠那龍眼核一般的黑眼珠好奇地看我。莫非牠看見了年輕時的我？而老婦懶得多看我一眼，只不耐煩地一再用她聒噪的嗓音催促牠跟上。喔！她一定是忘記了她的青春。我不無悲涼，有幾分自嘲地這樣想著，恍恍惚惚地走著。

如風之來去

今年的第一個颱風，很罕見地在颱風季尾聲的十一月初發布。而預示颱風即將來襲的火燒雲天象，伴隨的是暴風雨前的寧靜。那詭異的、肅殺的天地，不可預測的大自然成了原始人的恐懼和崇拜。

沒有帶來災害的颱風，在解除陸上颱風警報後，為這多災多難的島國帶來的，反而是一種意外得到的幸運那種倖免於難的心情。而暴虐的風雨把火燒的大地，好好澆灌滋潤了一番。樹林裡的花草樹木，在降了火氣的空氣中，歡欣雀躍吐納芬芳的氣息。有時隱隱約約飄來，未經馴化的原始物種的強烈氣味。那是奇花異草，藉著無形的氣流，正在釋放它們獨特的費洛蒙。

喔！這熱帶風情的土地！高更在大溪地可曾嗅聞那神祕的費洛蒙？他為他的赭色情人畫上鬢花，表達難以形容的人性的原始。這文明的處女地，原始的肉體和人性，是否因純粹而更為強烈？而對文明的虛飾越發感到厭惡的他，真的能在那裡找到伊甸園？他畫了〈我們從何處來？我們是什麼？我們往何處去？〉

他的遁世能找到答案嗎？

而他畫中的赭色情人，彷彿懵然不覺似地，存在於那一刻。

而他，如一陣風來，又如一陣風去，唯有一些顏色留下。

長著刺的柚子樹

看不到自己，也不知道為什麼，不斷長大的柚子樹，在樹幹上長出許多令人望而生畏的尖刺。越來越長的尖刺，竟然長到兩吋那麼長，好兇的柚子樹！

但是它阻止不了人們去摘它的葉子，並加以揉碎，只為了嗅聞那有點辛辣的香味。為此它苦惱不已，但莫可奈何。然而還有那更可惡的人，好像受到那尖刺的挑釁，竟動手試著去折斷它。一旦發現那尖刺居然牢不可拔，還撿起路邊石頭敲打。也有一個農人用柴刀輕輕砍著柚子樹，他告訴我，受傷的柚子樹，會拼命長出柚子。

這些刺是物種不能追溯的原始的奧祕。那是有靈魂有思想的樹。源自樹的內在生命，延伸到樹皮外，長成了獨特的存在。就也背負著如此這般的原罪。

然而，亞熱帶的微風暖暖地擁抱著它，彷彿照顧著懷孕結果的柚子樹。

壞脾氣的小女孩

有個成語說，小時了了，大未必佳。但是有一個非常溫柔善良的女子，聽說小時候發起脾氣來，會發狂地拔著自己的頭髮，以致頭髮稀疏，像一隻「臭頭雞仔」。而現在卻長著一頭烏黑茂密的長髮。

我也曾看到一個脾氣非常壞的小女孩，大發脾氣尖聲厲叫。或許是她媽媽不理會她，逕自向前走去，讓她更加生氣。拉扯媽媽的褲管不成，就發瘋似地拍打媽媽的腿。吼叫夾雜著哭鬧，不知要如何收場。

或許對這樣的哭鬧早已習慣了，不理不睬成了媽媽慣用的策略。果然等小女孩鬧夠了，也累了，哭鬧漸漸止歇。但就在讓我們稍微鬆一口氣的時候，小女孩腳邊一片蠻大的欖仁樹枯葉被一陣風吹動，突然在地上發出很大的刮地聲。好像被嚇到一般，這女孩就氣得直跺腳，又大聲哭鬧起來。這時媽媽覺得有點意外，回頭看著小女孩瘋狂的樣子，臉上一副又好氣又好笑的表情，抱起小女孩，和我們交換一個心領神會的眼神，微笑著向前走去。

祝福

在這亞熱帶島國北方，冬季多雨的城市裡，也有連寒帶來的外國人都覺得冷的天氣。雖然氣溫只是攝氏六度，但離鄉背井，舉目無親，是否讓他們在這異鄉想起家鄉大雪紛飛的冬季，還有親人，以及孤獨。就如我曾漂泊他鄉，那樣的孤獨。

少年不識愁滋味，怎麼那個相當孤獨的同學，會在高中畢業紀念冊上題了詩：

不經一番寒澈骨，焉得梅花撲鼻香。

喔！青春爛漫正當時，何須經歷人生的寒涼？何曾體會人情的冷暖？生在亞熱帶的小孩，何曾有機會看到寒冬雪梅？何曾聞過梅花撲鼻的香味？
　　這澈骨之寒，在逐漸積澱的歲月中，我總算嚐過了那滋味。但梅花撲鼻的香味，卻未曾得聞。而畢業後各奔東西的這個同學，卻像從人間消失了一般，沒有任何人有他的音訊。有如飛鴻踏雪泥，只在我心中留下爪痕。
　　就這樣瑟縮在陰雨連綿的寒冬中，想著往日的歲月，想著不知被什麼力量或命運所驅動的旅程，多少莫名其妙的飄泊，多少得失都似雲煙縹緲，但留一絲沒有淡忘的思念。今年的冬天，彷彿比過去都來得冷。或許是失去了壯志與熱情。也或許是因為孤獨。
　　只要人安好又何必朝朝暮暮。
我這樣祝福著我的同學。也稍稍減少了我的孤獨。

哲學冥想

就如那獨自在軌道上運行或漂流的星子，我總是孤獨地走著。看起來無所事事，其實滿懷心事，背負著自尋煩惱的千鈞重擔。這看不到世界真相也看不清自己的瞎子！那星子何止千億噸重！那星子何能以恆河沙計數！

喔！黑白不分的世道，遍尋無著的靈魂，這明眼的瞎子，看不見一絲絲光照！多麼無明的心靈！多麼幼稚的孩子！

無力承擔這樣的思考，卻又不甘放棄這背負不起的世界。多麼愚昧！多麼不自量力！這冥想的哲學家，彷彿被什麼給麻醉了一般，居然暫時忘記曖昧的折磨和痛苦，這樣寫著——寫著——猶如孤獨的漫步，以筆為杖，摸索著——探測著——亦丈量著。這瞎子竟有一顆不死的心！一拐一拐地——

走過人間冷暖，看過四季變幻，領略過夢幻的繽紛與奇蹟般的和諧，彷彿因著這宿命的痛苦重擔而充電的心，發出一縷紅外線一般的光照，照出黑暗中隱形的神靈與鬼魅，也照出隱藏在醜惡中的美和美麗中的醜惡。由是超越了黑暗與光明；超越了沒有道理的痛苦和虛幻的歡樂；超越了真實與幻象；竟也超越了時間

——那將變化一切的時間！

那星子依然漂流著——彷彿也忘記了時間一般——

聽說，時間只是想像出來的抽象之物。無始也無終。

流浪狗

難得一個放晴的冬日，也難得有片刻的平靜和溫暖的心。世局動盪詭譎，在大國霸權板塊擠壓下，朝不保夕的家國，人心支離破碎。有些人不該來卻來了；有些人想走卻走不了。人有命運作弄，國也有災厄糾纏。愚蠢的人們，互相成為彼此的災難。然而這短暫的平靜，莫非麻木？這溫暖的心，莫非自欺？周遭空無一人，一片蕭索寂靜。心思也彷彿變得無可無不可。

夏秋之際，綠葉成蔭的楓香，於今只剩半樹枯黃的楓葉，點綴露出嶙峋風姿的枝幹。此時溫煦的陽光從背後剪影般照射過來，閃耀著有如威士忌晃動著冰塊的金黃橙紅。而旁邊高聳的椰子樹，羽翼般的幾柄扇葉，彷彿要用手掌捕捉夕陽輻射的光芒。喔！這依依纏綿的黃昏！

Wine colored days warmed by the sun.

Andy Williams《Speak Softly Love》

《教父》電影主題曲，唱出心裡I did it my way的風景。

不遠處，一隻不屬於誰的黃狗，用落寞的神情看著在風景中一個形單影隻的浪人般的我。在我察覺牠之前，牠應該就已經觀察我好一陣子了。當我看到牠時，牠似乎不好意思，臣服地低頭他望。我一面緩步走著，一面回頭看牠。牠竟一步一趨怯怯地跟著我。當我稍停腳步看牠時，牠也停下腳步，羞赧垂首，偶而偷偷看我一眼。這是一隻有靈魂的狗。

牠知道我此刻家國破碎的憂愁嗎？牠看懂我孤獨的神色嗎？或者牠難得發現一個同病相憐的浪人而想互相取暖？牠知道不屬於誰，傲然獨立的自由自在嗎？我已經不想承擔另外一個生命和感情。也不敢領養任何一隻狗了。多麼脆弱的浪人啊！多麼無情！我用無助的眼神看著牠。希望牠能懂。她則用一種惹人憐惜、無可奈何的神情回望我。

我的好狗狗啊！請珍惜你的自由！請你勇敢活下去！

即使是一隻無家可歸的流浪狗，在天地宇宙間，也有你存在的空間和位子。

插圖by Bming Gyao

芻狗

已經忘記什麼時候被遺棄，可憐的流浪狗啊！為什麼用可憐的眼神看著人類？你在遠古時期本是自由獨立，優遊自在倘佯於天地之間的存在啊。你或許不知道，有多少人類是被另一群人類豢養、奴役甚至屠殺或拋棄的呢？而此刻你盯著看的這個人，他是如何活著的呢？

犬類被豢養馴化的歷史，可能已有數萬年之久。或許，人類奴化的歷史，還沒有那麼久。或許是因為有文字記載的歷史比較晚，人類被馴化和反抗馴化的過程，我們不一定知道。所謂文明或文化，難道不是人類馴化另一群人類，或自己馴化自己的人性的美麗謊言嗎？文化或文明，成為征服弱小民族的藉口。而所謂思想或哲學的卓越，常常也成為壓抑或扭曲自然純真的人性的霸道思想。如果有機會抉擇，我們會如何自處？

天地不仁，以萬物為芻狗。聖人不仁，以百姓為芻狗。

——老子《道德經》

小時候聽過也看過巫師，對稻草紮成的人偶唸咒施法。讓幼小的心靈感到十分害怕。但是老子的時代，為什麼用草紮的芻狗獻祭？古時殺豬宰羊獻祭的習俗，一直延續到現代。為什麼註釋老子的人，卻只說明古代芻狗獻祭前，有不可隨便碰觸的神聖性。但祭典後就被棄之如敝屣而不足惜。為什麼古人不用草紮的牛豬羊獻祭呢？我能想到的唯一理由是，狗從有人類開始，因為具有靈性，成為人類最好的朋友。就像秦始皇的陵寢，用泥土塑造兵馬俑陪葬一般，這芻狗大概就等同於守護主人的兵馬俑的地位吧？獻祭之前，因為某種禁忌不准碰觸。祭典過後，神靈升天，留下的有形物質就棄之如敝屣。可以理解。牛羊豬活著的時候，在宇宙間都佔有一個存在的位置。但是如果用草紮的豬羊，代替現實上仍然使用的豬羊，似乎有欺騙神靈的嫌疑。而牠們們的存在，也就感覺不到稀奇和神聖性。而具有靈性，成為人類最好的朋友的狗，成為芻狗也是理所當然的吧？

流浪狗啊！雖然你此刻無家可歸，但我知道宇宙間必定有你的位置。而現代人即使沒有人會用稻草把你紮成芻狗獻祭。但是你忠實堅貞的存在，將如獻祭前的芻狗，永遠活在人類的心靈中。這也比那些狡詐善變，還沒死就已經被唾棄的人類要尊貴許多吧！

蒙古國歷史博物館原始人
岩刻畫臨摹
插圖by Bming Gyao

絕望的天才

梵谷二十六歲才決定當畫家。直到三十七歲的一八九〇年才出現一篇讚揚他的文章，也在這一年賣出一張畫《Red Vine yard》。但是他也在這一年自殺死亡。他自從一八八八年聖誕節前和高更發生衝突，導致割耳事件，顯現精神病徵兆。後來被鄰居聯署將他逐出社區後，安置到精神療養院。他並非完全瘋狂，而是時而正常，時而陷入壓抑和幻覺。藝術史專家認為是顏料化學毒性導致神經傷害，或者是癲癇症（epilepsy）的症狀。那時沒有醫學能證實真正原因。他在一八八九年後的十二個月裡，創造了兩百幅畫。讀過他和弟弟的書簡集，我們會發現他長期依賴弟弟的畫家生涯，又不能受到藝壇和市場接受，使得他面臨斷炊和朝不保夕的壓力。有藝術史專家說他有反社會性人格，很難適應社會生活。可能是無稽之談，或事後諸葛，如果那時有人能認知梵谷的天才，或單純出自欣賞梵谷的藝術或珍惜這個獨特的藝術生命來加以包容，不把他當瘋子。或許他不會過得那麼辛苦，也不會瘋狂。但是也可能就不會有梵谷了。

他畫了監護他的嘉瑟醫生的肖像。好像鏡照出梵谷無邊的苦惱和絕望。這幅畫在一百年後被以四千五百萬美元史上最高價賣出。梵谷生前能想像他的畫會有這樣的價格嗎？或許梵谷早已對自己的人生絕望，或對自己追求的藝術會不會被接受完全斷念。他已無所牽掛，全心全意做自己。難道藝術家不該如此嗎？梵谷不斷地面對自己，畫著自畫像。他對自己作為一個人，和作為一個畫家的生命，在繪畫的當下，內心湧現什麼樣的念頭和悟解？有藝術史專家說，這些自畫像顯示著絕望。但我看他的眼神卻很堅定而清朗，似乎看到一個不同於此世的世界。梵谷已經被太多人解讀過。但是藝術的奧祕和畫家的心靈，現代藝術家仍需自己深深探索和印心。

為什麼在藝術高度發展的歐洲社會，而且梵谷家族還以藝術經紀為行業，卻沒有人能看出梵谷畫作的藝術價值？當我們面對現代藝術、面對自己時，同樣的問題，在今天一樣存在。

藝術史專家認為，時尚是一個原因。當梵谷到地中海岸的Samari畫了飽和的橙黃和藍色小舟，太強烈的對比色和筆觸，在當時很難被市場接受。但是以藝術的眼光和標準來看，梵谷的顏色仍然是統一而和諧的，而強而有力的筆觸，正是他生命力和感受性的特色。只是他的藝術就如他的個性太過強烈，喜歡寧靜和溫柔的人，可能無法欣賞。如果藝術鑑賞家能從嘉瑟醫生那幅畫，除了看到人生的苦惱和絕望之外，還能看到人類一種無限溫暖的同情心的話，所謂時尚或個人對幸福感或快樂的追求，只是一種淺薄的品味。將嘉瑟醫師的畫像掛上自家牆壁，並不會讓你苦惱或絕望。它反而讓你對人生增添一份人性溫暖和哲學深度和厚道。

讀他的書簡集，讀他的傳記，可以看到他對藝術哲學的探討和熱愛。以及瀕臨崩潰的絕望，卻不放棄的執著。從畫作上那些彷彿試著要從漩渦掙扎出來的震顫的筆觸、那些燃燒著的橙黃色，象徵太陽的熱力和能量，其實是畫家灼熱燃燒的熱情。而寧靜的深藍夜空，以及愉悅的土耳其藍色天空和海水，無非是他強烈的個性和內心的衝突，祈求著一種調和。也尋找著一個藝術的平衡感。所有的熱情和瘋狂、所有的理性的奮戰和衝突、所有的追求和絕望，所有的那些顏色和筆觸，彷彿是梵谷在用他的畫在對世界吶喊。然而這樣的吶喊，在當時沒有人能聽到。就如他畫的《麥田鴉群》一樣充滿了絕望的美和不祥之兆。而他在一八九〇年七月二十七日對自己開了一槍，驚飛群鴉滿天。七月二十九日在他弟弟陪伴中死亡。留下無聲的絕望的吶喊。他的弟弟Theo在六個月後去逝。好像他的存在是為了替世界催生梵谷的藝術，和以對梵谷藝術無比的信念，和兄弟情深的人間溫暖，撫慰我們悲哀的情懷。

Portrait of Dr. Gachet, 文森・梵谷, Public domain, via Wikimedia Commons.

冷冷地笑笑

楓紅落盡後，又是杜鵑怒放的季節。沒有人知道，誰曾暗自吞下了多少淚，又如何渡過這一年。

瞧那姹紫嫣紅雪白，兀自爭妍鬥豔。猛然想起靈堂看見的花圈花籃，何其相似！

不能消受這樣荒誕喧鬧的人世，也傾吐無處，只有自己冷冷地笑笑！

插圖by Bming Gyao

夜臥松下雲，朝食石中髓

讀攝影詩人莊明景的一幅攝影作品，並借用其畫題。

人類的視覺，到底如何締造了他的內心世界以及在宇宙中的存在感？世間的真相，某種程度隱藏在繁複的形色表相裡。就肉眼視覺機制來說，光創造一切。但五光十色的世界，往往令人為之目眩神迷。你看得愈多，便看到愈少。也因此我們便更看不見其中隱藏最深的真貌。

畫家都有一個經驗。為了捕捉一幅圖畫的重心，他會試著用雙手框一個小框框來聚焦一個構圖以去除周邊複雜景物的干擾。或者，他會退後一段距離，瞇著眼睛，降低像傻瓜相機一般多餘的視力，使自己的肉眼只看到那最基本最重要的存在。甚至於，他也會暫時閉上眼睛，用他的心眼使隱藏的東西浮現。然後，他們很快速地用一些最精妙的線條來捕捉那多變而易逝的存在，使它固定、現出原形來。在畫家來說，略去那些多餘的東西是很自然而容易的。而對攝影家來說，反而是一項挑戰。所以莊大師曾在一場演講中說，他的藝術是減法的藝術。

除非是服膺寫實的藝術家，一般藝術家總是想超越自然、超越寫實。作為反骨的藝術家，尤其愈有藝術才華的攝影家，就愈想超越機器和現實的侷限。我覺得這好像是藝術家的一種宿命和性格。但是，越高明的藝術家，他的超越就越不著痕跡。

光和影可以說成代表宇宙的二元本質——陽和陰。抽離了顏色的表相（儘管那是美麗而令人驚嘆的），拿掉多餘的東西，我們就能看見宇宙的極致和存在永恆的精髓。然而，在這一場光和影的遊戲中，莊大師也玩出了墨分五彩的水墨意趣來。雖然他有如隱居深山大澤的高人，仰之彌高，但有幸接觸過他的人，會馬上感受到他的幽默和瀟灑。可是事後回味和他的相處，還真需要有點慧根，才能體會他活潑的機趣。唉！連他的孤寂也那麼和光同塵地超越了。

有如揮毫運筆，隆起如山巒起伏的山岩，因反射著朝陽而顯得耀眼，這正好詮釋遠方黑暗猶未退卻的天空中，那因遙遠而顯得幽邈的下弦月為何會發亮。（我們現在的科學知識讓我們知道月球本身並不發光，他只是反射太陽的光而已）。我們可以想像到，它週遭的太空，一定和圖中發亮的岩石下方起伏的山影一樣暗黑，以致於對比出月球反射出來的微光能被看見，同樣是光的作用和道理。而我們看到的它的光，是以光速穿透地球大氣層的空氣和黑暗，和更為遙遠的太陽光混合產生的無限溶溶濛濛的漸層光暈。天猶未亮！由這片天空中迷濛亮的光，我寂寥地想到我們存在於這虛空中無垠的黑暗宇宙，一切的存在與不存在。而使我們暫時看到有限的這一切的太陽，我們知道就在我們背後，對它我們不敢逼視，但知道它強大神奇的存在，並藉著它施捨的一點微光，觀看眼前恍然顯現的世界，進而引頸遙望那浩瀚神祕的宇宙。在崎嶇隆起的白亮山岩下邊，也崎嶇起伏的黑暗的山影，暗示著有山才有影。藝術家似乎藉此對比出他捕捉到的，一個暗示的若虛還實的世界。以我有限的心智能不能看得見他所看見的，我有點懷疑。至於以我有限的辭彙，是不是足以描寫我心靈的全部映像和感動，我同樣抱持著懷疑。

我們看到的這一切，莊大師說他用了偏光鏡及紅色濾光鏡來得到他所想要的表現。我不懂攝影技術的堂奧，所以也只能以一個門外漢最原始的肉眼感官來詮釋我所看到的。回歸到這最原始的人類共通的感官和藝術理解中，我們或許能看到他所看到的世界和宇宙吧？至於那從岩石中掙扎長出的小野松，好像仰首伸向天邊的月亮，遙相呼應，成為生動而若有所指的構圖。想像那小野松晚上是如何睡在那狀如浮雲的山巒上，而又如何在清晨從山岩中吸取天地精華。好一幅水墨意境！「夜臥松下雲，朝食石中髓」，好像是說那小野松，又正是攝影家悠遊天地大化，藉以自況的存在境界吧。從他許多出人意表的作品裡，我早已感受到他那遺世獨立的宇宙孤獨，和雲遊物外的灑脫。他是屬於大自然宇宙的漂泊者；遊戲人間、冷眼熱心的逍遙者。天上人間總是詩。或許對哲學家和藝術家本質的他來說，繪畫的詮釋，乃形而下的餘事。其實和他相處，我也總是感到自己的笨拙和僵固。在他眼中，這可能只是再一次顯示出我的幼稚吧。常常，我覺得他不屬於凡間，他的心靈有著我不敢褻瀆的孤獨。

後記：

「夜臥松下雲朝食石中髓」（102*102cm），於二〇〇三年莊明景黑白攝影展展出。那時我寫了一篇感想，但一直覺得好像未能盡意。我想這是因為未能更深地讀懂藝術家的緣故吧。十四年後，對藝術家、對人生種種，似乎稍稍能體會墨分五彩的況味。乃取出原稿稍作增潤，完稿於此。本想請藝術家先過目再發表，但又覺得這是我這庸人幹的俗事，你要他說什麼呢？我就別煩他了。但是，終究我這個俗人還是不能免俗！

畫題出自李白〈白毫子歌〉。既有古詩人襟抱，又有現代太空遙望的詩情。別有一番韻味。

二〇一七記於大直陋室

莊明景／提供

二〇二四初夏再記

一八三九年照相術發明以後，讓畫家失去很多畫肖像畫的機會，也讓寫實畫受到挑戰。莊明景大師是在建中時期就玩攝影並成為英國攝影師協會一員的奇才。臺大哲學系時代並不受限於哲學課的僵硬學習，他有莊子的瀟脫和老子的智慧，在他面前我只能用呆若木雞來形容自己。因為我曾在美國做過行銷，知道在紐約要成為夠格的商業攝影師有多麼難。他是那種知悉現代社會，又不失古人意境的藝術家。他的薪水非常高，中年就辭掉工作，兩年間自己開車遊遍美國，到處拍攝天地奇景。他交往的名士高人無數，曾受邀拍攝北京故宮。也曾冒生命危險拍攝青康藏高原、黃山意境、和徽州古意，無不令人見識其胸中丘壑。在臺灣定居後，拍攝陽明山國家公園，玉山國家公園，都留下精彩的作品。比較晚近的喜好是三芝老梅的海岸風景。又喜歡用現代電腦科技處裡自己的攝影，成為人力所不能及的作品。他始終企圖超越機器。

忍受我的魯鈍是他的溫暖和仁慈。每次見面都讓我受用無窮。

二〇二四初夏

野孩子聽琴

鄉下野孩子的憨傻和無知，何必到了老年才覺得懊悔呢？

從現在的我來看當年的我，有如看自己的孫子那樣，我當時如何能懂現在的我？野孩子如何能懂一千兩百多年前中國詩人王維的詩呢？喔！千年後，誰能從那樣的詩再向前跨一小步呢？

呂佛庭老師生前有三十七年在中國遊歷大山大水，也經歷著苦難的中國。一九四六年來臺又住了五十七年。讀他八十歲時以兩年時間寫出的八百零八頁的《憶夢錄》，起初讓我覺得懊悔的是，當年為了承擔家庭責任，只能半工半讀，勉強修完研究所課程，沒有機會多跟老師親近學習。

然而，更遺憾是，三十年前我棄商從詩的時候，也沒有能力和見識能跨越這首詩一步！難道是受到自己的「所知障」框限，或因為時代亦存在著年齡的差距，使我不能理解那個時代，以致沒能穿透那個時代而加以超越？掛在牆上的這幅文字畫，不斷地挑戰著千年後的野孩子。

呂老師能操琴並且能鑑定古琴。我無緣親耳聆聽。經歷西洋古典音樂和現代流行音樂包括重金屬的洗禮，以及各種民族音樂、薩滿音樂的欣賞，野孩子今天頗能體會中國古樂的韻味。但是中國古琴演奏大師和臺灣古琴演奏名家，大半是在音樂廳表演，而鮮少能在王維〈竹里館〉那樣的情境下表演。在那情境之下，除了明月，怎麼能被任何人聽到呢？或許古代在終南山中，會遠遠地聽到隱隱約約的琴聲和長嘯吧？然而，我們已經無法回到千年前的情境。

拜電腦科技之賜，我能夠在家寧靜欣賞音樂。因而我也能透過音樂的弦外之音直接和這首古詩印心，而不拘泥於文字的想像。與其說那是在抒發孤芳自賞的鬱悶，不如說是詩人感應宇宙孤獨的況味，對著天地宇宙撫琴。因為宇宙浩瀚，所以非長嘯不足以和宇宙共鳴。王維在當時已經名滿天下，不會有孤芳自賞的小心眼。莊明景用現代攝影藝術來呼應李白《夜臥松下雲，朝食石中髓》的意境，不識字的野孩子和牛，彷彿聽到一千兩百年前的琴聲和長嘯，也看到那太空中的明月。

或許中國傳統太龐大，重重壓在後代人的身上。中國水墨畫總是強調臨摹再臨摹。然而「文字畫」是呂老師從傳統挑脫的創舉。揉和了中國古文字的書寫和古詩的境界，用極簡的構圖創造出前無古人的新藝術。雖然老師以大氣魄畫了「長城萬里圖」、「長江萬里圖」、「黃河萬里圖」、「橫貫公路圖」等長卷，但是我覺得「文字畫」具有古詩的簡潔和韻味。也有三千年前文字的神祕。

中國古代的詩人，用發展到極致的韻律和簡潔的文字，吟誦那個時代的風情和意境。後代中國人再也無法創造出像古詩那樣揉和了形式和內蘊的美感了。

現代詩必須從這樣的傳統跳脫、創造新時代的內涵，尋找新的韻律和美感。

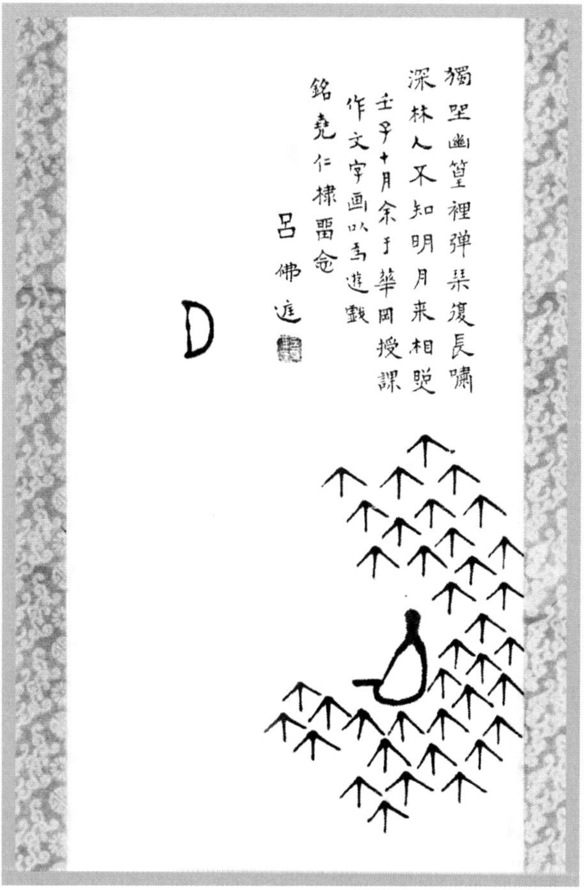

呂佛庭老師賞賜的文字畫（陳銘堯／提供）

陌生人

在這尋常的街衢，尋常的人群中，怎地忽然發覺這一切的陌生？從往常充滿了自我的心思，轉而面向世界張開了眼睛，一種從來沒有的陌生感，從內心油然而生。過去完全無視那些人的存在，現在這些陌生人，一個個變得結結實實、活生生，而且充滿了生命的神祕。他們每一個都有一張獨特的臉。但是從一個人的臉，你不能知悉他的內心。你也無從知道，他的人生所經歷的一切。於是你猜度著：那一切的幸福和災厄；一切的愚行和偶然的聰明；所有天生的邪惡和偶一為之的善行；他所有的迷人和可厭之處；所有的迷惘和悟解；所有的熱望和絕望又再度燃起希望，如此這般交替出現在這張複雜而且陰晴不定的臉孔上。於是，這些臉孔就成了一個個令人費解、令人猜疑，甚至有點危險的變臉。那彷彿是一張張戴上人皮面具的外星人的臉孔。或許，還真的有一個外星人隱藏在人群中。因為時而也會有那淡漠而平板的臉孔出現在你眼前。

人們天生不喜歡他們不了解的東西，尤其是人。這是什麼樣的心態？什麼樣的世界？在他人眼中，難道你不也一樣是一個這樣的陌生人？多麼危疑的文明！多麼懦弱的心靈！你要如何無所畏懼地行走於這陌生的人群中？你將如何出於人性本然的善良去面對每一個陌生人？或者，你能毫無分別心，且慈善地去對待個有著令人感到不安的臉孔的陌生人？然而，他們的存在跟你又有什麼關係呢？

剛剛跟你打了個照面就錯身而過的人，他的存在轉眼間就成了幻象，有如科幻電影中倏生倏滅、如真似幻的幻影，甚至一點也不會留存於你的記憶中。而站在幾米外等候公車的那人，多麼孤單的一個人，那也不過是為了一個執念而短暫停留的人，而他的印象也不會停駐太久。而你不也是執著著什麼而短暫徘徊於這陌生的人間？喔！對那些陌生人來說，你也是幻影般的存在！

原本似乎與我無關的這一切，現在變成進入自我和人類心靈的密碼和鎖鑰。我的目光因而變得熱切、純淨而溫柔。而或許，在那千千萬萬個臉孔中，會有一對像我一樣的眼睛向外張望著。

芸芸

或許冷漠如我
錯身而過的路人
或許難以捉摸的心思如我
不知從哪裡挨擠過來的路人
我只那麼匆匆地掃過冷冷一瞥
就將他們渾忘！

那一張張命運的臉孔
如執著的潮汐
來自浩瀚深沉的海洋
那埋葬黃昏

沉沒月光的海洋

忽然懊惱起自己
無端冰冷的心！
無端冷酷的眼神！

起初也無端討厭著而想儘快甩開
這些此生不會再見的陌生人
他們平庸的輪廓和五官
在烈日的照射下
像石雕家狠狠鎚擊鑿刻出來
粗礪而尖銳的明暗面
以一種熾烈爆破的力道
射穿我結冰的眼底

不知是因為這樣的破壞力
或是因為酷熱無情的銷熔
屈服於一種氣氛或模糊的思惟
我軟化了掠食者的慣性神經
鬆懈了緊繃行走的肢體
以一種全新的柔軟和感性
如舞蹈家試圖詮釋一種意境
穿行於這可敬畏的人流中
如果這身鬆垮的形骸
還沒有潰散於空無
甚或還自覺有一點灑脫飄然
並生起一種奇怪的大悲
全繫於這永恆浪人生命裡
某種堅韌的東西
某種仍然屬於強者的冷酷和浪漫

或者悲劇
並且想像：
或許有人正投我以冷冷一眼

舞哲

那麼肅穆的一張臉
一個沒有表情的表情
有如一個絕對純粹的哲學概念
一幅不妥協的樣子

看起來也似乎絕決而純粹
一個那麼俐落的轉身
卻如毫不含糊的音階
在優美的旋律中
那麼順暢滑溜
滑動著……

迴轉著……
跳躍著……

她心中這樣唱著
唱著……
在她的人生中這樣轉著
轉著……
飛躍著……

跋

什麼是散文詩？

經歷艱難的創作過程和內心不斷的質疑和辯難，在總集這本「散文詩」的時刻，終於能給自己一個比較踏實的答案，並得到某種自在。

創造是詩人和藝術家的宿命。回顧二十年前開始，以散文形式隨興寫下，零星發表的一些被稱為「隨筆」的散文，在寫作之初，只是一些「任性」「縱情」的筆墨，並沒有刻意想要創造「散文詩」的念頭。雖然這些作品也不乏詩意，但是很自然地，越寫越不滿足於這樣隨興的寫作。況且寫作是個人潛意識修練的法門，不斷向昨日的自我挑戰，是很自然的日常。一個獨特的「散文詩」的詞，也開始挑戰著我。一面寫著，一面摸索著，想要在模模糊糊的概念中，試圖找到「散文詩」和「散文」的分界線。在這樣艱難的創作中，也產出了一些和以前很不一樣的作品。以前我仍然認為那只是一種不同的「風格」而已。在自己膚淺的認知中，還不能精確地和所謂的「散文」有所區隔。可是在短暫滿足於這樣的風格的寫作時，卻又因為攻頂一般的挑戰，感覺到失去自然的意趣和瀟灑的遺憾。雖然這也不是寫作唯一的標準。更何況人性有許多隱晦複雜的內在，人生也有很多超乎自然的神祕和變幻。想像力賦予人類昇華的可能性，成為創造力很重要的依賴，而創造更是最重要的目標。於是我便也得以在自我懷疑的寫作中，慢慢掌握了一些「散文詩」的特質。本來就沒有以追求文詞之美為目標，現在更希望寫出創造性思惟的東西。然而，特別說明這樣的過程，並無意貶低「散文」。而是自己想對散文詩有更清楚的認知，為「散文詩」的寫作標定一個清晰的目標。希望最後也能比較輕鬆自然地寫出一些東西。

有人以「散文化」來貶低某些詩。但是我反而覺得這是對

「散文」的貶抑。也是對詩和散文的誤解。雖然西方現代文學並沒有特別標榜「散文詩」。但是我從紀德的《地糧》、韓波的《地獄裡一季》、里爾克的《馬爾泰手記》、希姆內茲的《小毛驢與我》、修伯里的《小王子》、紀伯倫的《先知》等等。讀到很令人深思和驚豔的散文。這些詩人大部分寫過很多了不起的詩。但是他們的散文卻好像很稀有。是不是他們也碰到和我一樣的挑戰，我不知道。但是我個人把這些作品當作「散文詩」的典範。或許他們也是用詩的標準來從事散文的寫作，所以變得很難產。生命面臨各種挑戰，本來就很困難。面對這樣的挑戰，作家如何從生命的痛苦和憂疑中掙扎、思考進而昇華，本來就不是簡單輕鬆的事情。或許這才是真正的原因。

以形式來分辨詩和散文，是只看到外表的膚淺認知。好像把散文分行書寫，或故意省略一些字詞和意念的完整表達，寫出跳躍而令人匪夷所思的所謂「現代詩」，看起來就是「詩」了。或者，看到一篇字數多，語句前後連貫的文章，就說那是「散文」。其實「散文」也有那種充滿詩意的作品。「詩」通常用最精簡的文字，表達閃電一般的靈感或意象，在意識中作著飛翔和跳躍。或者用意在言外的象徵手法，賦予詩一種微妙的韻味。而「散文」需要用更多的文字，完整表達比較複雜的情感或思想。內容決定形式，才是詩人決定用「散文」來寫的原因。必然有那種用詩無法完整表達詩人內心的時候。但是他仍然不願捨棄詩的韻味。這時就產生了「散文詩」。這固然不是一般講究文詞之美的抒情文可以比擬，也不是把意思講清楚就完事的敘事文可以滿足的。

也有一種詩，雖然分行書寫看似語意連貫的詩句，但是語意雖然連貫，思想和感情卻也做著飛翔和跳躍的聯想。這也不能說這是「散文化」的詩。

我們再也無需懷疑什麼才是「散文詩」。只要能感受到詩意，得到靈性的昇華，讀者願意怎麼認定都可以。但是對創作者來說，必須清楚掌握自己的「絕對藝術意志」。這本散文詩，是從自己的內在意識創造出來的。而這個內在意識是從生活冶煉出來的「活物」。這個「絕對藝術意志」是活的。不是一個僵固的概念。

這本作品揉合了詩和散文，甚至一時興起，用文人畫的筆墨，又像石器時代的原始人那樣稚拙，畫了一些塗鴉。或許也能稍稍減輕文字的沉悶與重壓。我曾在《畫家的祕密學徒》讀到西班牙畫家 Velazquez（維拉斯奎茲）對學徒講過：「世界上已經有太多根本不該說出來的蠢話了。他依賴那些雙眼所見，觸動他靈魂的事物而活，再透過作畫回應所看見的世界。」這段話令我倒抽一口冷氣。藝術在我的生命中，一直是一個衝動。而視覺意象也常常在我的意識裡存在。但可惜我不是畫家。只希望這些散文詩，不被看官視為蠢話才好！

據說在 Velazquez 的時代，西班牙不准奴隸學畫。九歲時被當作一個姑母主人的遺產轉交給侄子 Velazquez。所以愛畫畫又善良的這個奴隸，一面侍候寡言而善良的 Velazquez，一面觀察繪畫祕訣和周邊生態，止不住繪畫的衝動，又善良地懷著犯罪感偷偷繪畫。但是 Velazquez 長年和他相處已經變成朋友。很高興看到他的畫。在國王面前賜給他自由身，也讓他的畫合法了。我在想如果有法律不准我寫作的話，我會怎麼樣呢？因此我非常珍惜自己寫作的宿命。

語言文學類　PG3097　秀文學60

銀河之蛙

作　　者 / 陳銘堯
圖片攝影 / 陳建文
責任編輯 / 吳霽恆
圖文排版 / 黃莉珊
封面設計 / 王嵩賀

發 行 人 / 宋政坤
法律顧問 / 毛國樑　律師
出版發行 / 秀威資訊科技股份有限公司
114台北市內湖區瑞光路76巷65號1樓
電話：+886-2-2796-3638　傳真：+886-2-2796-1377
http://www.showwe.com.tw
劃撥帳號 / 19563868　戶名：秀威資訊科技股份有限公司
讀者服務信箱：service@showwe.com.tw
展售門市 / 國家書店（松江門市）
104台北市中山區松江路209號1樓
電話：+886-2-2518-0207　傳真：+886-2-2518-0778
網路訂購 / 秀威網路書店：https://store.showwe.tw
國家網路書店：https://www.govbooks.com.tw

2024年10月　BOD一版
定價：280元

讀者回函卡

國家圖書館出版品預行編目

銀河之蛙 / 陳銘堯著. -- 一版. -- 臺北市 : 秀威資
訊科技股份有限公司, 2024.10
面； 公分. -- (語言文學類 ; PG3097)(秀文
學 ; 60)
BOD版
ISBN 978-626-7511-17-6 (平裝)

863.51 113013476